スイート・ホーム

原田マハ

ポプラ文庫

CONTENTS

スイート・ホーム

今度の日曜日、私の家へ来てくださいますか。

どんなふうに、あなたを、父に、母に、妹に、紹介したらいいのかな。いまからあれこれ考えて、わくわく、どきどきしています。すごくうれしくて、ちょっと緊張しています。

私の家。きっとすぐにみつけてもらえると思います。

大阪・梅田《うめだ》から、山手を走る電車に乗ってきてください。駅前のバス乗り場で、バスに乗って、ふたつめのバス停で下りてください。

駅と家とをつなぐバス通り、いつも私が通っている道。私の大好きな道です。

春になれば、バスの窓からやわらかな日ざしが差し込みます。きらきら、街全体が、淡い光に包まれています。初夏ならば、いっぱいの新緑が通りを輝かせています。この季節には、車窓を開けて、深呼吸したくなります。秋には、うつくしく色づくケヤキ並木が目を楽しませてくれます。そして冬、ひんやりと研ぎすまされた空気が頬《ほお》に心地いいんです。

バス停で下りたら、最初の角を左に曲がってください。いくつかの角を曲がって、しばらくすると、ふんわり、甘い香りが漂ってくるはずです。赤い屋根、クリーム色の壁の家。チョコレート色のドアのそば、大きなキンモクセイの木が目印です。秋になったら、キンモクセイのみかん色の小さな花が咲きこぼれて、私の家を、いっそう甘くやさしく包み込んでくれるんです。

私の家には名前がついています。「スイート・ホーム」。小さな小さな洋菓子店です。

父が心をこめて作り続けている、宝石のようなお菓子が並ぶショーケース。甘い香りは、私の家の香りそのものなんです。

この街にやってくるのが初めてでも、きっと、すぐにみつけられます。

今度の日曜日、午後三時。わくわくしています。待っています。

「どうもありがとうございました。またお越しください。お待ちしております」

異様なほどていねいなあいさつは、高級旅館のお見送りではない。梅田の地下街の一角にある雑貨店に勤める私のお見送りスタイル。忙しいときでなければ、お買い上げいただいた商品を両手で持って店頭まで出ていき、お客様を見送る。見えなくなるまで。さすがに手を振ったりはしないけど、お買い上げいただいた感謝の気持ちを、どうにか伝えたくて。

「うわー、何そのお見送り。さっきのお客さん、お買い上げ五百円やろ？　ちょっとお見送り豪華すぎへん？」

すかさず生意気なコメントを述べるのは、妹の晴日《はるひ》。ただいま、西宮《にしのみや》にある某私立大学の三回生で、女子大生ライフ絶賛満喫中。梅田で合コンや友だちとの買い物があるときに、こうして姉の仕事ぶりを偵察とばかりに店に立ち寄る。その日はたまたま接客中だった私を、売り場の少し離れたところでお客のふりを装いつつ、私が五百円のキャンドルホルダーをきちんとラッピングしてお客様に渡し、お見送りする一部始終を注意深く観察していた。

「それなあ、誰かに似てるって思たら、まんまお父さんのお見送りスタイルやん。お父さんも、常連さんがマドレーヌ一個買《こ》うてくれただけで、わざわざ厨房《ちゆうぼう》から出てきて、店の前でお見送りすることあるやんか。私がお客さんやったら、ちょっと引くわあ。いっくらなんでも、ていねいすぎやって」

晴日はおもしろそうにくすくす笑った。引く、と言われた私のほうは「うるさいなあ、もう」と悔し紛れに言い返す。

「あんたはお気楽な女子大生やもん、わからへんのよ。一日、なんにも売れへん、そんなときにたとえ五百円でも買うてくれたら、めっちゃうれしいねんから。また来てほしいって、思うから。いつまでもお見送りしたなるの」

「はいはい。どうせ私はお気楽やし」くすくす笑いをやめずに、晴日が言う。

「じゃあ、そろそろ合コンの時間やし、もう行くわ。お母さんに、今日はちょっと遅《おそ》なるって言うといて」

「終バスまでには帰らなあかんよ」

「わかってますて。行ってきまあす」

きれいにネイルした手をひらひらと振って、ミニスカートをふわっと揺らし、地下街の人混みの中へと行ってしまった。

私はといえば、地味なベージュのワンピースに店のロゴ入りエプロンをつけて、遠ざかる妹を、やっぱり見えなくなるまで見送っていた。


早番の日は四時に店を上がり、母から頼まれた買い物があればそれを済ませて、電車に乗って帰路に就く。駅前からバスに乗って、ふたつめのバス停まで。ゆるやかなカーブの坂道を、ぐんぐんバスが上る。途中の橋から遠くの街並が見える瞬間を狙って、私はいつも左側の座席に陣取る。夏ならば燃えるような夕焼けに包まれ、冬ならばとっぷり暮れた空に浮かんでちらちら揺れる街の明かりを眺める数秒間。これを見るたび、秘密の宝箱をのぞき見したような、ちょっと得した気分になる。

バス停で下りると、ひんやりした空気と、緑のにおいに包まれる。青葉の季節なら、こんもり繁る木々を渡る風の音がする。夏の宵《よい》には、どこからか虫の声が。秋には、色づく木々の葉がすれ合う音。冬には、やがてくる春のひそやかな足音が、どこかにひそんでいる。

もうすぐ春なんやなあ。もう夏がきたんやなあ。葉っぱが色づいてきたなあ。雪が降りそうな感じやなあ。

めぐる季節を感じながら、ゆっくりと家路をたどる。梅田からほんの四十分で、こんなふうに自然を体感できる街に、私と、私の家族は暮らしている。

バス停から街路を歩いて、最初の角を左に。それからいくつかの角を曲がると、どこからともなく甘い香りが漂ってくる。その瞬間に、いつも、ただいま、と口にしたくなる。玄関のドアを開けたわけじゃないけど、この甘い香りを感じたときが、私にとっては「ただいま」の瞬間なのだ。

私の家には、ふたつの出入り口がある。ひとつは、チョコレート色のドアの玄関。これは、家族が日常的に出入りするための「住宅用」玄関だ。

この玄関の脇には、キンモクセイの木が植えられている。なかなか立派な木で、十月になると、それはそれは甘い香りを放って、みかん色の小さな花がこぼれ咲く。両親が結婚後に購入した中古住宅にこの木があった。私が十歳になった頃、ここに引っ越してくるときに、母が「どうしても連れていく」と言って譲らなかった木。家族が帰ってくれば、誰よりさきに迎えてくれる。

そして、もうひとつの入り口。父が経営する洋菓子店「スイート・ホーム」のエントランスだ。ガラスのドアにはみかん色でお店のロゴが描かれている。入り口のある壁一面がガラスになっていて、その向こうには、いろいろなスイーツがきれいに並んだショーケースが見える。営業時間は朝十時から夜七時まで。私が早番で帰ってくる頃は、だいたい閉店の一時間まえだ。夏には、夕闇《ゆうやみ》の中に涼しく浮かび上がるガラスの箱。冬には、静かな夜をあたたかく照らす灯火《ともしび》になる。そんな店。

遠くから眺めると、ショーケースの近くで、母が常連客と話しているのが見える。母は、自称「スイート・ホームの看板娘」。パティシエである父を手伝って店を切り盛りしている。母とおしゃべりがしたくて、ケーキを買いにきてくださる常連客も多いらしい。

この街に移り住んで五年目、私が中学三年生のときに、父は、それまでパティシエとして勤務していた宝塚《たからづか》にあるホテルを退職し、自宅を改装して小さな洋菓子店を開いた。以来、ご近所の方々、それに大阪のほうからも、こうして買いにきてくださるお客様に恵まれている。

そりゃあ、父は華やかなパティシエじゃないけれど。小さな店は、デパートに出店できるほどの有名店ではないけれど。このお店、なんだか好きなのよね。香田《こうだ》さんのケーキ、素朴でおいしいから。そう言ってくださるお客様に励まされて、父はせっせとスイーツを作る。

社交的な母に比べて、口べたで引っ込み思案な父。自分の店を開くときも、退職するふん切りがなかなかつかず、ホテルのレストランの総括シェフに背中を押されたそうだ。香田君、思い切ってやってみたらええ。君の作るデセールには、あったかい心がある。きっとうまくいくはずや——と。

キンモクセイの木に迎えられ、チョコレート色のドアを開ける。入ってすぐの階段を早足で上がり、自室に荷物を置いて、すぐに下へ。甘い甘い香りの廊下を通って、店へつながるドアを開ける。「ただいま」と声をかけて、ショーケースの前へ歩み出る。

「こんばんは、工藤《くどう》さん。いつもお買い上げありがとうございます」

常連客、ご近所にお住まいの工藤さんが「あら、陽皆《ひな》ちゃん、おかえり」とにこやかに応える。

「今日は洋梨のタルト、いただいたの。私と娘の分、ふたつきりで、申し訳ないんやけど」

「とんでもないです。いつもお買い上げいただいて、ありがとうございます」母がすかさず言う。

「工藤さんがしばらくお見えにならへんと、主人がものすごく気にするんです。このまえ買うていただいたシブースト、気に入らはらへんかったんやろか、って」

「あら、それは責任重大やわあ。もっとせっせと通わなねえ」そう言って、工藤さんは笑った。

「Sweet Home」とみかん色のロゴが入ったケーキの箱を提げて帰る工藤さんをお見送りして、母と私は店先へ出た。「またいらしてください」と、ふたりして頭を下げたとき、

「いつもおおきに。またお越しください。お待ちしております」

後ろで大きな声がした。父が、母と私のあいだに割り込んで、真っ白なパティシエ帽を取り、深々と頭を下げた。工藤さんは、いっそううれしそうな笑顔になって、手を振った。

その日、最後のお客様を見送って、父と母、そして私、三人並んで、店の前にたたずんでいた。甘く、なつかしい香りに包まれながら。


青い画用紙を空いっぱいに広げたような、すがすがしい秋晴れの朝。

「お父さん、早く早く。もう行かんと、OB訪問に間に合わへんし」

三脚の上に据えた一眼レフのデジタルカメラを調整する父に向かって、リクルートスーツ姿の晴日がせかす。

「そんなにせかしたらあかんて、はるちゃん。せかせばせかすほど、お父さん、焦ってうまくセッティングできへんようになるんやから」

せっかちな妹を母がたしなめる。「そやかて」と晴日はふくれてみせる。カメラをいじくる父をはらはらと見守っていた私は、「あっ、お父さん。ランプ点滅してるよ！」と叫んだ。

「点滅してるか？」レンズをのぞき込みながら、父が悠長な声で訊《き》く。

「してるて。早く早く。ほら、お父さん、こっちこっち」晴日があわてて、自分と私のあいだを指差す。私たちの前に置かれた椅子《いす》に座った母は、このときとばかりに両足を上品に揃《そろ》え、背筋をぴんと立てる。「よっしゃ、いま行く」父が駆け足で、私と妹のあいだに飛びこむ。チカッ、チカッと点滅する、セルフタイマーのランプ。チカッ、チカッ、チカ、チカ、チカ……。

パシャッ。

「はい、今年の記念撮影、無事終了！」母が元気に声を上げると、

「うひゃっ、もう間に合わへんっ。行ってきまあす」晴日がバッグを引っつかみ、大急ぎで通りへ走り出る。

「そんなに急いで、転んでタンコブ作るんやないで！」カメラを三脚から外しながら、父が晴日の後ろ姿に向かって叫ぶ。

「お父さんったら。はるちゃん、もう子供やないんやから」母がくすくす笑う。この笑い方は晴日にそっくりだ。いや、じゃなくて、あの子がお母さんに似てるのか。

「どれ、見せて。今年はどんなふうに撮れたん？」

母と私、父の両側から、カメラの液晶モニターをのぞき込む。

咲き誇るキンモクセイの木。椅子に座った母、その後ろに立つ妹、父、そして私。秋の恒例、香田家四人勢揃いのポートレートだ。

キンモクセイの咲く頃、玄関先で撮影する家族のポートレートは、晴日が生まれた年から毎年撮り続けられている。だから今年で二十一回目だ。最初の二枚は、両親が結婚後に住み始めた家で撮影。私が八歳、晴日が〇歳のときの写真。三枚目からは、いまの家、チョコレート色のドアの前で。それまでは母に抱っこされていた晴日が、私と並んで立っている。背後の父は私の肩に手を置き、母が妹の手を取っている。やさしく微笑《ほほえ》んでいる母とは対照的に、父は少し緊張気味。かっちりと七三に分けた黒髪、いっちょうらのスーツ姿で、生真面目《きまじめ》にカメラをみつめている。

家族四人になったところで、カメラが趣味の父の提案で、毎年ポートレートを撮ろう、ということになったらしい。普通なら、入学や学年が変わる春先を選んで撮りそうなものだが、私たちは、決まって十月の第一週、秋らしいさわやかな好天の日を選んで撮ることにしている。撮影場所は、玄関前。母の大好きなキンモクセイが香り豊かに咲き誇っているから。

「はあ。お父さん、だいぶ頭が白なったねえ」カメラの液晶モニターをみつめながら、母が嘆息する。

「お父さんの頭、いっつも白いパティシエ帽と一体化してるから、そんなに白髪が増えたとも思わんかったけど」

「それやったら、そのうち、パティシエ帽被《かぶ》らんでもええようになるかもしれへんな」

父が笑う。「あら、ま」と母があきれ顔になる。父は、大仕事が終わったとばかりに、三脚を片付け、カメラを片手に意気揚々と家の中へ入っていった。

「髪、染めたほうがええんとちゃう？　って言おう思てたのに、先手を打たれてしもたわ」

母は、やっぱりくすくす笑いながら、声を潜めてそう言った。


私は、宝塚が好きだ。

故郷の街だから、たぶん、ひいきめに見ているんだと思う。だけど、「宝塚」っていうだけで、どことなくエレガントな感じがする。ゆるやかに自然が溶けこんだ街並は、何度眺めても心が安まる。

私が生まれたのは、宝塚近郊の町。両親が結婚するときに購入したという、小さな一軒家で成長した。

少女時代から地味な性格だった。学校のクラスでは、にぎやかな子たちの輪の中に入れずに、いつもぽつんとひとりで過ごした。放課後はいちもくさんに家に帰り、ランドセルを置いて、近所に遊びに出かけた。街角のあちこちに大好きな木があり、私は木々に「元気?」「遊ぼうよ」と心の中で話しかけた。ご近所さんの花壇の手入れを一緒にさせてもらったりして、花や緑が大好きな子供だった。そして、そういう環境がごく普通に近くにある、宝塚が大好きだったのだ。

父がホテルのパティシエをしている、ということは、子供ながら密かに誇りに思っていた。父が帰ってくれば、いちばん乗りで大きな背中に抱きついた。甘いバニラとバターの香りをいつも身にまとっている父。タカラジェンヌたちが出入りするきらきらと華やかなホテルで、ケーキを作っている父。私と妹の誕生日には、いつも特別にケーキを作ってくれた。子供の頃には、マジパンでできたマンガのキャラクターが載ったケーキ。大学生になってからは、いっぱいのフルーツと粉砂糖でうつくしく飾りつけたケーキ。

父は、確かに口べたで引っ込み思案な性格だった。こんな性格やから、おれはこつこつケーキを作るのが向いてるんや、と自分で言っていたこともある。それでも、私にとって、父は、どんなおいしいケーキもたちまち作ってしまう魔法使いのような存在だった。

妹の晴日は、どういうわけだか、私とはまったく正反対の性格の少女に成長した。茶目っ気たっぷりで、ちょっとませていて、多少のわがままを言っても許してもらえるとわかっている。まさに「妹キャラ」そのもの。人は誰でも、人生に一度だけ「モテキ」を迎える、とかなんとか、世間では言われているようだけど、晴日の場合は、生まれてからずうっとモテキが続いているみたいだ。あまりにもいろんな男子に告白されるから、ボーイフレンドをひとりに絞れない。したがって、シリアスな恋愛とはまったく無縁。浅く広く、みんな仲良く——が彼女のおつきあいのモットーなのだ。

私はといえば、二十八歳の現在にいたるまで、まだモテキに突入する気配はない。「お姉ちゃんは優柔不断やねん。自分ってもんがないし。そやからモテへんのよ」と晴日には批判される。千円のシャツを買うのだって、迷いに迷って、家と店を最低二回は往復する。自動販売機の前で、コーヒーかジュースか、はたまたコーラか、うじうじ迷ってしまう。そんなふうだから、将来、自分が何をしたいのかなんてわかるはずがない。

確かに、自分ってものがないのかもしれない、私って。

だから、高校も大学も無難なところに入学したし、就職先は知り合いに紹介してもらった西宮の小さな会社の総務部に、何も考えずに決めたし。……結局、ＯＬ生活になじめず、四年で退職。何がしたいのか、うんうんうなって考えて、結論が出せなかった。見かねた母がアドバイスしてくれた。こんつめて考えることないでしょ。この街を散歩して、ゆっくり考えたらええよ――と。

この街へ引っ越してきてから、もう十八年になる。

木々と緑がいっぱいの、気持ちのいい風が吹くこの街で、私は大人になった。

朝に夕に、私を学校へ送り出してくれたホームタウン。入試がうまくいって、踊るような足取りでたどった家路。好きだった男の子に思いを打ち明けられずに、がっくりとため息をついて過ごした公園。私にとって、かけがえのない街。

母の言う通り、緑いっぱいの街角をゆっくり歩いて、すがすがしい空気を胸いっぱいに吸い込んで、決心した。

小売店か飲食店か、とにかく店頭に立ってみよう。ていねいに接客する父と母の姿がすてきだと、ずっとずっと思っていたから。

そんなわけで、いまは、梅田の地下街の雑貨店に契約社員として勤めている。

朝、起きて、着ていく服を決められないから、いつも無難なベージュか黒のすとんとしたワンピース。これも無難な黒のローヒールシューズに、セミロングの髪はアレンジの方法がわからないから、ひとつに束ねる。地味やなあ、と晴日に言われるけど、これが私の定番なんだからしょうがない。

何事も起こらない、平凡な、けれどおだやかな日々。バスの窓から眺める街明かりと、四季を感じられる街路を歩くのが、何よりの楽しみ。そして、毎日私を見送り、出迎えてくれる、キンモクセイの木。父と母が営《いとな》む洋菓子店の甘やかな香り。

それで、じゅうぶんだった。私にはそれでじゅうぶんだと思っていた。

あの日、あのとき――あの人と出会うまでは。


父と、母と、妹と、私。家族四人が暮らす、この街。

勤務先の雑貨店がある梅田から帰ってくると、ふっと空気が変わる瞬間を、私は毎日体験する。

にぎやかでいろんなモノやコトがいっぱいいっぱいの都会から、ホームタウンへ帰ってきたそのときが、一日のうちで、いちばんほっとする。緑のにおいに包まれて、家々の窓から明かりがこぼれるのを眺める。ひとつひとつの窓の明かりは、そこに暮らす人たちの幸せの光のように思えて、こちらまで幸せな気分になる。

仕事がオフの日は、「スイート・ホーム」の店番を手伝うこともあるのだが、そうでないときは近所に散歩に出かける。この街には私の大好きなスポットがあちこちにある。

ゆるやかなカーブを描いてバス通りをまたぐ歩道橋。大阪の街、晴れた日には明石《あかし》海峡まで、広々と一望できる。高台の街ならではの得難い眺望だ。

公園でひと息つくたびに、空って大きいなあ、と実感する。逆に、この空の大きさが私の基準になってしまっているから、高層ビルが立てこむ都会の空は、窮屈に感じてしまう。天気のいい日には、この公園に立ち、深呼吸する。ときどき、飛行機が悠々と弧を描いて青空の彼方《かなた》に消えていくのが見える。

テラスのあるスーパーマーケット「オアシス」も、お気に入りの場所だ。サンドイッチとカフェラテを買って、お店の外にあるテラスのテーブル席に座り、のんびりと、ひとりブランチを楽しむ。テラスの横には並木の美しい小径《こみち》があり、犬を連れた夫婦がゆっくり歩き、子供たちが元気よく走っていく。

その日も、私は「オアシス」のテラス席に座っていた。頬杖をついて、小径の木々を眺める。春には山桜が咲き誇る小径は、十一月になって、落葉樹の葉が黄色や赤に色づき始めていた。日中はまだあたたかく、目を閉じると、うとうとしてしまいそうな陽気だ。私は、ぼんやりと頬杖をついたまま、無意識に、何度もため息をついていた。

「こんにちは、陽皆ちゃん。今日はお仕事、お休みなん？」

背後から声をかけられて、私は振り向いた。「スイート・ホーム」の常連客、工藤さんだった。愛犬のミニチュアダックス、チョビちゃんを抱っこしている。

「あ、こんにちは工藤さん。チョビちゃんのお散歩ですか？」

「いま、ドッグランに行ってきたとこ。あ、犬友のママさんたちに宣伝しといたよ。『スイホ』の十一月の新作、栗のテリーヌ、めっちゃおいしいって」

工藤さんは、父の店を「スイホ」と略して、ことあるごとに友人知人に宣伝してくれているらしい。「ほんまに、いつもありがとうございます」と私は頭を下げた。

「ところで、陽皆ちゃん、なんかあったん？」

チョビちゃんを抱っこしたまま、工藤さんが隣の椅子に腰かけて、ひそひそ声で言った。「さっきから、ずうっと頬杖ついて、ため息ばっかりついてたやろ？」

「え？　ほ、ほんまですか？　私が、ため息？」まったく意識していなかったので、指摘されて、妙にあわててしまった。

「物思いにふけってる感じやったよ。なんかこう、切なーい感じで。好きな人でもできたん？」

言われて、私は、ふいに頰が熱くなってしまった。「あ、赤なってる。図星や」

と工藤さんがからかう。

「いややわあ、やめてくださいよ、もう。そんなんと違いますよ」

私は汗をかきかき、弁明する。

「ええやないの、あんたもええかげん大人なんやし。で、お相手はどんな人？　お母さんには言うたん？　はるちゃんには？　お父さんにはまだなんや？　そうやろ？」

私がすっかりあわてているので、工藤さんはいっそうおもしろがっている。私がますます赤くなって、違います、違いますと否定すればするほど、怪しまれる始末だった。

私が勤める雑貨店は、梅田の地下街の一角、あまり目立たない隅っこにある。

おしゃれ女子御用達《ごようたし》の雑貨のチェーン店などとは違って、落ち着いた民芸調のコーヒーカップとか、手触りのいい木綿《もめん》のふきんとか、置いている商品は少々地味なものが多い。かと思うと、「運命をひらくクリスタル」の携帯ストラップとか、不思議議グッズもあったりして。主なお客様はやや上の年齢層の女性。時間をかけて気に入ったものを選び、ギフトにしてくださったりすると、格別にうれしくて、一生懸命ラッピングをする私。

勤務は二交替制で、店番はひとりでする。早番のときは十時の開店直前に食事をして、勤務中は何も食べない。午後四時に上がったときは、お腹ぺこぺこ。遅番のときは、午後四時に出勤。早番スタッフと交替して、夜九時まで勤務する。

いちばん忙しいのは、意外にも昼前後。梅田へ買い物に来られたマダムたちが、自分へのごほうびに、はたまた友人や娘へのギフトに、何かいいものないかなあ、と立ち寄ってくださる。

夕方から夜にかけて、他の雑貨店はＯＬで混雑しているようだが、うちにはほとんどＯＬが立ち寄らない。よって、遅番のときは、けっこうひまを持て余している。

夕方近くなると、地下街は徐々に通行人の傾向が変わっていく。お年寄りやマダムたちに代わって、華やかなファッションに身を包んだOLたちが闊歩《かっぽ》する時間。流行のジャケットやコートをさっそうと着て、繊細なヒールの音をコツコツと響かせ、店の前を通り過ぎる。同僚とお茶して帰るのかな。彼氏と待ち合わせしてるのかな。忙しそうに行き来する彼女たちを、見るともなしに眺める私——。

それは、いつも通りの遅番の日。ちょっと退屈な午後六時過ぎ。香田家恒例、「玄関前の家族のポートレート」、二十一回目を撮り終えた日のことだった。

店の前を通りかかった会社帰りらしき若い男性が、ふと足を止めて、店内へ入ってきた。

涼しげな目元、くしゃっとさりげなくスタイリングした髪。細身のグレーのスーツがよく似合っている。私と同世代の男性が店に入ってくること自体、ちょっとした珍事だ。「いらっしゃいませ」と言ったものの、なんだか特別によそゆきの声が出てしまった。

陳列棚のあいだを縫って、ときどき、商品を手に取ってはもとの場所に戻す。商品を手にしたあと、ぽんと放り投げるお客様もいるのだが、彼は実にていねいだった。もと通りの場所に、もと通りのかたちで、そっと戻す。店内でのお客様の動きは、みつめすぎても監視しているようでいけないし、かと言って全然無関心でもよくない。私は、こっそりと、けれども不思議なくらい強い関心を持って、彼の一連の動作を見守った。

アイボリー色のシンプルなマグカップを手にして、長らくみつめていた彼は、思い出したように顔を上げてこっちを向いた。とたんに、胸の中で何かがふわりと揺れた。

彼は、こちらににこっと笑いかけると、マグカップを持って、私が突っ立っているレジへと近づいた。そして、

「これ、プレゼントにしていただけますか」

そう言った。

「はい。ありがとうございます」

私は、笑顔を作ろうとして、頬がゆがんでしまうのを感じていた。胸の中では、痛いくらいに心臓が跳ねている。ラッピングをする手が、なぜか震えてしまう。それをごまかしたくて、とっさに私は言った。

「このカップは、島根県の出西窯《しゅっさいがま》という窯元《かまもと》のものです。この焼き物、最近、女性に人気があるんですよ」

「へえ。そうなんですか。しゅっさい……どう書くんやろ」

「『出発』の『出』に、関西の『西』です」

「そうですか。初めて聞いたなあ。詳しいんですね」

「いえ、そんな……」私は耳まで熱くなった。

銀色のラッピングペーパーに、白いサテンのリボンをつけた。紙袋に入れて、レジの外へ出る。店の前まで一緒に行って、手渡した。

「ありがとうございました。またお越しください。お待ちしております」

彼は、もう一度、にっこりと笑いかけると、「ありがとう」と言った。私は、父がいつも店の前で常連客を見送るのと、そっくり同じに、深々と頭を下げた。

地下街の雑踏の中に彼の姿が遠ざかる。見えなくなるまで、見送っていたかった。ずっと遠くの角を曲がりかけて、彼がふと振り向いた。私は、はっと息をのんで、もう一度頭を下げた。すると、彼は——なんと、彼は、私に向かって手を振ってくれたのだ。

それは、いつもの私の「お見送り」だった。けれど、いつもとは違っていた。お待ちしております——という言葉は、あいさつではなく、ほんとうの気持ちだったのだから。

いったい、誰にプレゼントするのだろう。

あの人は、あれから、週に一度、決まって金曜日――私が遅番の日の午後六時頃、店に立ち寄り、必ず何かひとつ、「プレゼントにしてください」と言って買っていった。

二度目に現れたときは、キタッ！　とばかりに思わず飛び跳ねてしまいそうだった。落ち着け、落ち着けと必死に自分をなだめ、前回以上に震える手でラッピングした。もみじの模様がいっぱいにプリントされたランチョンマット。

「秋らしいチョイスですね」どきどきしながら言うと、

「ええ。もみじが好きやから」と返ってきた。彼がもみじを好きなのか、それともプレゼントされる誰かが好きなのか、さすがに訊けなかった。

三度目に現れたとき、陳列棚をあちこち見ながら、長いこと迷っていた。そわそわしながら、その様子を見守っていた私は、思い切って声をかけてみた。

「あのう……よろしかったら、今日入荷したハロウィン・グッズがあるんですけど、ご覧になりますか」

顔を上げた彼と目が合って、とっさに笑顔を作った。ふんわり微笑んだつもりだったけど、実際はばりばりにこわばった顔だったと思う。彼のほうは、いつものように、にっこり笑って「ええ、ぜひ」と応えてくれた。

ジャック・オー・ランタンのキャンディボックスや、オレンジ色と黒のもこもこ靴下、黒猫柄のハンカチ……きっと今日もギフトにするだろうから、女子の好きそうなものを選んで見せた。彼は、楽しそうにひとつひとつ眺め、「これ、似合うかな」とつぶやいて、オレンジ色と黒のもこもこ靴下を手に取った。その瞬間、胸の真ん中めがけて小石が飛んできたような痛みが広がった。

これ、似合うかな。

靴下をラッピングしながら、彼のつぶやきを反芻《はんすう》して、なぜだか私は泣き出しそうだった。

きっと、似合いますよ。その人は、あなたの恋人……なんですね？

「ありがとうございました。またお越しください。お待ちしております」

いつものように店先でお見送りする。やっぱり、彼は、ずっと向こうの曲がり角で、こっちを振り向き、手を振ってくれた。涙が、ふいにこみ上げる。

なんだろう、この気持ち。

また来てほしい。でも来てもらっても、さびしい。来てくれなかったら、きっと、もっとさびしい。


「なあ、はるちゃん。このセーターに、このスカート、合うかな？」

十一月、金曜日の朝。私は、妹にコーディネイトのアドバイスを受けることにした。晴日は、最初こそ「なんやの急に」といぶかっていたが、そのうちに、木曜日の夜になると、モード雑誌を見せつつおしゃれテクを伝授してくれたり、「これ、絶対似合うって」と自分の服を貸してくれたりするようになった。そして、好奇心満々で言うのだった。「そうかあ。ついに好きな人ができたんや」

「オアシス」のテラスでぼうっとしていて、通りすがりの工藤さんにまで看破されてしまうくらいなのだ。私の片思いは、かなり重症だった。工藤さんにこっそり報告されるよりは、自分からばらしてしまったほうがいいと思い、母に打ち明けた。好きな人ができてん。そやけどその人には、きっと彼女がいてるねん——と。休日、母と一緒に「スイート・ホーム」の店番をしているときに。

「マグカップとか、ランチョンマットとか、ソックスとか、うちの店の中でも、若々しくて趣味のいい商品を買っていくねん。きっと、彼女さん、おしゃれな人なんやろうな」

「どないしたん。なんやもう、あきらめたみたいな言い方やね」

母がくすくす笑う。

「そう。もうあきらめたから、ええねん」悔し紛れに返す。

「ほなら、なんでわざわざお母さんに教えてくれたん？」

「なんでって……」私は口ごもった。

工藤さんに密告されるのは避けたかったから？　いや、違う。そうじゃなくて……。

「全然、あきらめてないんやろ？」愉しげな口調で、母が訊いた。

「好きなんやろ？　その人のこと。打ち明けたいって、思ってるんやろ？」

私は、口を結んだまま、観念したように、こくんとうなずいた。

「でも、どうしたらええか、わからへん。打ち明けた瞬間に、終わってしまうのがこわいねん。彼女がいる人に、気持ちを伝えたりしたら、おかしない？」

「なんにも、おかしくなんかないよ」母は、微笑んで言った。

「女の人に、好き、って言われて、悪い気のする男の人なんか、いてへんわ。受け入れられるかどうかと、気持ちを伝えるかどうかは、まったく別もんなんやで。思い切って、告白してみなさいよ」

なんでもなかなか決められへんかったあんたが、もしも告白するって決めたんやったら、大きな変化やとお母さん思う。

人を好きになるって、すごいことやねえ。女の人は、恋することで勇気百倍になるんやねえ。母は、どことなくうれしそうに、そんなことを言った。

「実はお母さんも、そうやったんよ。お父さんに告白《コク》ったのは、私のほう」

店の厨房にいる父に聞こえないように、いっそう声を潜めて、母が私の耳に囁《ささや》いた。


一事が万事、何ごとも決められなかった優柔不断な私。

その私が、ついに決心した。

決戦は、十二月、クリスマス間近の金曜日。

どうなってもいい。どう思われてもいい。すなおに伝えるんだ。この気持ちを。

「まずコクらんと。当たって砕けろやん」と、妙に男前なコメントで背中を押してくれたのは、晴日。自分から告白したことなんかないくせに、と言いたくもなったが、決戦前夜から、派手すぎず地味すぎないベルベットのワンピースを貸してくれ、「特別かわいく見えるはず」のヘアメイクの講習もしてくれた。

母は、緊張しまくる私のために、短いランチタイムのあいだ、店を晴日に任せて、「オアシス」のテラスへ誘い出してくれた。店は一年じゅうでいちばん忙しい時期を迎えていた。さすがに晴日もこの時期ばかりは店を手伝っているのだ。忙しい中、母はそれでも私のために時間を作ってくれた。

サンドイッチとラテを買い、ひんやりした空気の中、テラス席に座る。「準備万端やね？」参謀長よろしく、母が最終確認をする。私は、ひとつ、大きくうなずく。

ワンピースにヘアメイク、手作りのクリスマスケーキ。

「出陣」まえのすべてが調《ととの》っていた。

「ずいぶん、遅までかかったんやねえ。ケーキ作るの」

母に言われて、「まあ、初めてのことやし……」と私は、もじもじと返した。

「うまいこと、できたん？」

「うん、まあ……いや、どうかな」

先週、「オアシス」で開催されている料理教室「オアシスキッチン」で、クリスマスケーキ作りの講習を受けた。講師の未来《みき》先生は『スイート・ホーム』のお嬢さんに教えるなんて、なんだか緊張します」と言いつつ、ていねいに教えてくださった。

本音を言えば、父にケーキの作り方を訊きたいものの、私にとって、スイーツ作りはアンタッチャブルな領域。なんと言っても「魔法使い」の仕事なのだから、簡単に「教えてほしい」と言うわけにはいかない。そこで、未来先生のお世話になった。ご近所の皆さんで、わいわい、にぎやかにケーキ作り。完成したケーキをみんなで食べるのも楽しいひとときで、すっかり心がなごんだ。

木曜日、夜中に自宅のキッチンでやおらケーキを作り始めた私を、父は、珍しい格闘技でも見るように、しばし腕組みして眺めていた。「あんまり見んといてよ」と言うと、「いやあ、こら、明日は雪やな。いや、ピンクの雪か」などと言う。母と妹は、私の告白決戦についてはすでに心得ている。けれど、さすがに父には言えずにいた。当然、母にも、固く口止めしておいた。

「ホイップクリームは、つんつんにツノ立てへんかったらあかんで」

電動式泡立て器をボールに突っ込む私の手元を見て、父が言う。

「ああ、そうやない。角度が悪い。もっと、ボールに対して泡立て器を直角にせんと」

「粉のふるい方が甘い。もっとていねいに、サラサラになるまでやるんや」

なんだかんだと口を挟む。けれど、決して手出しはしない。特別な人にプレゼントする特別なケーキ。だから自分が手出しするわけにはいかないんだと、わかっているみたいな。

「お父さん、ゆうべ、寝るまえに言うてたよ。ケーキ作りたいなんて一度も言わへんかったあいつに、ケーキを作りたい気持ちにさせる誰かがおるんやなあって」

静かな声で母が言った。冬のひだまりを集めたようなおだやかな微笑みが、その頬に浮かんでいた。

「みんな、あんたを応援してるねんで、陽皆ちゃん。顔上げて、行っといで。あんたの、大好きな人に会いに」

家の近くのバス停から、バスに乗る。木枯《こがら》しが少し強く吹いている。駆け足で通り過ぎる冬の午後、車窓から見える遠くの街が、澄んだ大気の中でいっそううつくしく見える。

行ってきます、と私は、街に向かって話しかける。

どんな結果になっても、私、この日を後悔せえへんから。

私の胸には保冷バッグに入った小さなケーキの箱がしっかりと抱かれていた。

「Sweet Home」とみかん色のロゴが印刷された箱。

とにかく、これを渡すんだ。

そうして、私は待った。彼がやってくるのを。

胸から飛び出しそうにときめいている心臓を、どうにかなだめながら、私は、店のカウンターにたたずんでいた。腕時計をちらっと見るたび、緊張で爆発しそうになる。お客様が来ても気が気じゃない。このまま、走って家に帰りたくなる。

ところが、どんなに待っても、なかなか現れない。

五時……五時半。六時……六時半。七時半……八時……九時。

とうとう、彼は現れなかった。

よく考えてみると、当然のことだった。クリスマスまえの金曜日。彼女とディナーに出かけたに違いない。——特別なプレゼントを用意して。

レジの下に、こっそり隠したケーキの箱を、そっと抱き上げる。「Sweet Home」のみかん色の文字が、じんわり、かすんで見えた。

地下街いっぱいにクリスマスソングが流れている。おびただしい人混みの中を、ひとり、家路をたどる。

駅前からバスに乗る。きらきら、宝石箱のような街の灯が遠くを流れていく。

それからの日々。どれほど待ちわびても、彼は現れなかった。

年末を迎え、新しい年がきた。重たく湿った気分のまま、一月が終わった。母は、何も問わずに、私の様子を静かに見守ってくれていた。妹は、自分の就職活動も忙しいはずなのに、宝塚歌劇やらコンサートやら、誘い出してくれた。父は、いつもと変わらず、黙々とスイーツを作り続けた。

そうして迎えた二月、バレンタインデーの夜。

「こんばんは。まだ、入ってもいいですか」

雑貨店の閉店間際に、ひょっこりと声をかけてきた人。

彼だった。驚きのあまり、私はなかなか声が出せなかった。

あのなつかしい笑顔で、彼が語りかけた。

「実は、年末に、母が亡くなって……先週、四十九日を済ませたとこなんです」

打ち明けられて、ますます言葉が出なかった。

この店で彼が買ったギフトの数々は、入院していたお母さんへのお見舞いの品々だった。

お母さんは、私がお勧めしたソックスや色々なものを、それは喜んだという。明るくてええわあ、若々しくてすてきやねえ。勧めてくれた店員さん、センスがいいねえ。

お母さんも、そのお店、一度のぞきにいきたいわあ。

「母を、ここへ一緒に連れてきたかったんやけど……かなわずに、逝《い》ってしまいました」

彼は、ほんの少しさびしそうな微笑みを浮かべた。それから、まっすぐに私をみつめると、言った。

「もう、ギフトを贈る相手はおらへんけど……僕、また、ここへ来てもいいでしょうか」

——あなたに会いに。

私と、私の家族が住む街に、さわやかな季節がやってきた。

青葉の木々のあいだを抜けて、五月の風が吹く。家々の庭には花が咲き、街路には緑があふれている。学校帰りの子供たちの笑い声が、風に乗って遠くから聞こえてくる。

空に近いこの街は、この季節、一年じゅうでいちばん輝きを増す。ほんのちょっと近所に出かけただけでも、つい深呼吸したくなる。

「なあお姉ちゃん、いいかげん落ち着いたら？　さっきから挙動不審すぎて、お客さん入ってこられへんやんか」

色とりどりのケーキが並ぶショーケースの向こう側にたたずんで、晴日があきれた声を出す。この四月に大学四回生になったばかりの晴日は、就職活動にも持ち前の要領のよさを発揮し、すでに内定を獲得。授業のない日と日曜日には、こうして店番をするようになった。

その日、珍しく日曜日が休みの私。そわそわと、店の前面にあるガラス壁のこちら側を、落ち着きなく行ったり来たり。ときどき足を止めて、思い出したようにガラスをクロスで磨《みが》いたり、ポケットからスマートフォンを取り出して眺めたり。妹が「挙動不審」と言ったのは、もう三十分もそんな状態が続いているからだ。

「そやかて、昇《しょう》さん、うちわかるかなて思って。先週、メールでうちへのアクセス、長々と教えてんけど、あとから読み返してみたら、われながらさっぱり要領を得えへんメールで……。やっぱり、バス停まで迎えにいったほうがいいかな？」

「何、それ？」晴日がますますあきれて返す。「要領を得えへんメールって、そんなん、どうしたら打てんの？」

「晴日！」奥の厨房から、父の声が飛んでくる。

「シュー・ア・ラ・クレム、上がったで！」

「はあい」晴日が急いで返す。それから、私のほうを向いて、早口でまくしたてた。

「とにかく、ガラス壁んとこでそんなにそわそわされたら、入ってくるお客さんも出てってまうし。心配やったら、迎えにいけば……」

そこまで言いかけて、「あ。いらっしゃいませえ」と、急によそいきの声になった。

はっとして、私は振り向いた。

ガラスのドアを開けて入ってきたのは、山上《やまがみ》昇。にっこりと、私と妹に笑いかけた。その笑顔は、去年の秋に出会ったときと少しも変わらない。

その日、彼は、私が住む街に初めてやってきた。

私の家族に、「大切な話」をするために。

今年の二月からおつきあいが始まって、私たちは、大阪や宝塚周辺でデートを重ねてきた。

昇さんは、梅田にある企業に勤務し、千里《せんり》にある住宅で、いまは亡きお母さんとふたり暮らしをしていた。宝塚のほうにはそれまで縁がなかったようで、私が生まれ育った市内のあちこちを案内すると、想像以上に気に入った様子で、ずっと昔からなじみのあるところみたいに過ごしていた。

宝塚駅周辺、歌劇場にも一緒に行った。私の生まれた町はもちろん、ダリア園、牡丹《ぼたん》園、桜の園にも車で出かけた。「陽皆ちゃんは『園』が付くとこがよっぽど好きなんやなあ」と笑われてしまった。

初めてのキスも、「結婚しよう」と言われたのも、全部、この街で。だから、私にとって、宝塚はいっそう思い入れの深い街になった。

そして、とうとう、私の家に昇さんがやってくることになった。私の目をまっすぐにみつめて、昇さんは言った。

「君の家に行くときは、君のご家族に『大切な話』をするときや思てる。……ええかな？」

私は、ただただ、うなずいた。うれしくて、何も返せなかった。うなずくだけで、せいいっぱいだった。

そうして迎えた、この日。

街の中でも、もっとも見晴らしのいい公園に、昇さんと私は来ていた。

「うわあ。めっちゃ見晴らしええなあ。大阪のずっと向こうのほうまで見えるわ。あっちは、西宮のほうやんな。気持ちええとこやなあ」

眺めのいい窓を思いっきり開け放ったように、両腕をいっぱいに広げて、昇さんは広々とひらけた風景を眺めていた。私は、彼の横顔をみつめながら、小さな声で言った。

「さっきはごめんね。お父さん、出てこなくて」

私の家族に「大切な話」をするために、まずは「スイート・ホーム」を訪ねてくれた昇さんだったが、父は、厨房から出てこずじまいだったのだ。

「七時の閉店まで、お父さん、めったに厨房から出てこおへんの。お客さんをお見送りするとき以外は」

「お見送り?」昇さんが訊き返した。

「パティシエがわざわざ、お客さんのお見送りに出てくるんか?」

うん、と私はうなずいた。

「またお越しくださいい、お待ちしております、って。見えなくなるまで見送るの。

妹に言わせると、ていねいすぎる、って」

「そうかあ。それやったんやな。陽皆ちゃんの『お見送りスタイル』は」

昇さんは、急に合点のいった声を出した。

「初めて君の店で買い物したとき、いつまでも店先で見送ってくれたやろ。たいした買い物もしてへんのに、ずいぶんていねいな人やなあ、って感心したんや。それを母に話したら、『そういう人をお嫁さんにもらわなあかんよ』って言われたんや」

楽しそうに言う。私は赤くなった。昇さんのお母さんに感謝したい気分になった。

そして、ていねいに人に接することの大切さを、知らず知らずのうちに教えてくれた父にも。

「それはそうと、お母さんの調子はどうなん？」

昇さんに訊かれて、私は肩をすくめた。

「元気すぎて、入院させとくんが逆に心配なくらい。食欲もあるし、口も達者やし。今日、父と妹と一緒に昇さんをお迎えしたかったんやけど、ほんまにすみません！　って」

そうなのだ。なんと、母は、一週間まえに自宅の階段を踏み外して大転倒、膝を骨折するというアクシデントに見舞われたのだ。その前々日､昇さんが「大事な話」

をしにくる、と私に聞かされ、それは一大事やわ、いまから大掃除せえへんと、と腕まくりをし、本腰を入れて掃除に取りかかった直後のことだった。落ちた直後は軽い脳しんとうも起こし、気を失ったらしい。その日、私は早番で出勤していたのだが、救急車で病院に運ばれたと晴日から電話が入り、遅番のスタッフに急きょ来てもらってから、あわてて飛んでいった。私が到着したときには、意識を取り戻していて、「どないしたん、陽皆ちゃん。わざわざ来てくれたん？」と、逆に驚かれた。

その話を聞いて、昇さんは恐縮しきりだった。「僕が来るって、そんなに張り切ってくれたから、大けがしはったんやなあ」と、自分が原因かのような口調で。そして、君の家に行くのはお母さんが退院してからにしようか、と言い出した。

ところが、これを断固受け付けなかったのは母当人だった。昇さんがうちに来るのを延期するって言うてる、と私に聞かされた母は、「何言うてるの！」とベッドから飛び出しそうな勢いで言った。

「だめだめ、来てもらわんと。ここで逃がすわけにはいかへんでしょ」

「逃がすって……昇さん、獲物とちがうし」元祖肉食系女子そのものの母の発言に、私は思わず苦笑した。

「まあとにかく。あんたの話を聞く限り、昇さん、いいお相手やないの。お母さんは文句なしで応援するけど、問題はお父さんのほうやわ」

母は、昇さんを紹介されて父がどう出るか、心配していた。陽皆が彼氏を連れてくるらしいよ、と母に伝えられた父は、そうか、と短く応えたきり、何も言わなかったという。

父親たるもの、娘を持った限りは、いつかはそういう日がくるとわかっている。ほんとうはずっとまえから心の準備をしているはずなんだ、と母は言った。

「私のお父さん……あんたのおじいちゃんもね。お前には苦労かけたから、いつかええ相手をみつけるんやで、おれが何にもしてやらへんかったぶん、自分の家庭を持って幸せになるんやで、って、遺言みたいに言うてたわ」

それから、母は、病院のベッドの上で、片足を吊《つ》られた状態のまま、昔話を始めた。

祖父は、母が子供の頃から長患《ながわずら》いをしていたが、母が十五歳のときに他界した。その後、母は、家計を助けるために、昼間は働き、夜間学校に通った。仕事と学校でくたくたになって帰宅しても、まだ宿題がある。眠りたくても眠れない夜をいくつも過ごした。学校の帰り道、山の小さなトンネルをくぐり、夜空いっぱいに輝く星を見上げて、母は誓った。何年かかってもいい。いつか愛する人にめぐりあって、子供に恵まれ、小さな家に暮らす。ささやかでも幸せな家庭を築くんだ——と。

やがて学校を卒業して、宝塚市内に職を得た母は、宝塚駅の近くにある小さなケーキ屋に立ち寄った。そのとき、そこで修業をしつつ店番をしていた父と知り合った。難しいケーキの名前とそのゆえんをすらすらと教えてくれる父に、ほんとうにケーキ作りが好きなんだな、と感心し、父もまた、はつらつとした母に惹《ひ》かれたようだった。

いつか宝塚のホテルでパティシエを務めたい、というのが父の夢だった。そう聞かされて、母は、そうですか、と応えた。そして言った。そのときがきたら、私と結婚してくださいますか。驚いた父は、反射的にうなずいてしまったそうだ。

その約束が励みになってか、父はほんとうに宝塚のホテルに就職を決めた。そして母に、「君と住む家を決めたで」といきなり持ちかけたそうだ。不意打ちのプロポーズをされた仕返しとばかりに、父は近郊の小さな中古の一戸建てをみつけてきたのだった。

「結婚したら新築の家に住みたいなあ、って漠然と思てたから、ちょっとイメージと違うな、って思ったんやけど……甘ぁい香りがしてきたんよ」

それは、玄関先の小さな植え込みのキンモクセイの香りだった。

季節は秋。明るいみかん色の小さな花が、ほろほろとビーズのようにこぼれ咲いて、つましい玄関先を彩っていた。母の大好きな香り。父と初めてデートしたとき、初めて買った香水も、キンモクセイの香りのものだった。玄関のドアを開けて中に入ると、部屋の中には窓から差し込む小さなひだまりがあった。そのときに、決心した。この家で、この人と暮らそう。元気いっぱいの子供たちを育てよう、と。

「ああ、そやから」と私は言った。

「いまの家に引っ越すとき、どないしてもキンモクセイを連れていく、って言い張ったんやね」

「そやかて、お母さんにとっては、家族みたいなもんやし」

母は、珍しく、ちょっとはにかんで笑った。

「そういえば、私、覚えてるよ。まえの家から引っ越すとき、お父さんが最後にやったこと」

ドアに鍵《かぎ》をかけて、私たちは全員、家を出た。生まれて初めての引っ越しに、私と晴日はすっかりはしゃいでいたのだが、「みんな、ここに並びなさい」と父が家の前に私たちを整列させた。「いままでありがとうございました」朗々《ろうろう》とした声が響き、父は、家に向かって頭を下げた。続いて、母も頭を下げた。私も、小さな妹も、それにならって、ぺこりとおじぎをした。

「ほんまに、ていねいな人やなあ。お父さんは」

母は半分あきれて、けれど半分敬意をこめて、そうつぶやいた。

「お母さん。お父さんと結婚して、よかったと思てる？」

いままでずっと訊いてみたかったのに訊けなかった質問が、自然に口に上った。

母は、ふふふ、とくすぐったそうに笑って、「当たり前でしょ」と、うれしそうに応えた。

なあ陽皆ちゃん。あんたも、昇さんとあったかい家庭を作りなさい。小さくても古くてもええから、気持ちのいい家に住みなさい。

もしも窓がなければ、窓辺のように花を置けばいい。光が入らなければ、明るい絵を掛ければいい。家は、そこに住む人が、明るく、あたたかくするものなのだから。

陽皆ちゃん。お母さん、こんなふうに思うんやけど、どうやろ。

家は、人が住んで、家庭になる。「ハウス」は、人が人と暮らして、時を経て「ホーム」になる。

ほんでね。わが家は特別。なんていうても、ただのホームやないから。「スイート・

ホーム」やもん。

　陽皆ちゃん。あんたも、昇さんと築かんと。新しいスイート・ホームを。


　日曜日、夜七時。

　わが家の居間のソファに浅く腰掛けて、昇さんと私は、チェストの上の置き時計をみつめていた。テーブルの上の紅茶はすっかり冷めてしまっている。さっきまで、あれこれおしゃべりをしていた私たちは、閉店の七時が近づくにつれ、どちらからともなく黙り込んでしまった。

　私たちは、三時間余り街中を散歩した。私の好きなスポット——公園、歩道橋、小径、そして「オアシス」のテラスなどをめぐり、頭上の緑を仰ぎ、足下の花々を眺めた。犬の散歩をするご近所の住人、料理教室の未来先生と仲間たちにあいさつをした。偶然出くわしてしまったチョビちゃん連れの工藤さんには、あれこれと詮《せん》索《さく》されてしまったが、工藤さんはどことなくうれしそうだった。「すてきな人やないの。がんばりなさいよ」と囁いて、チョビちゃんのリードを引いて、夕焼けの道を歩いていった。

街をそぞろ歩きながら、昇さんは、ずっと心地よさそうな表情をしていた。すてきなとこやなあとか、きれいな街やなあとか、具体的な感想はあまり口にしなかった。それでいて、私には、手に取るようにわかった。彼がどれほどこの街を気に入って、この街の空気を深く吸い込んでいるか。新緑の道を私とともに歩いて、どれほど幸せを感じているか。なぜって、私がそうだったから。

日が暮れた頃に家へ戻り、閉店時間を待った。いよいよ父との対面なのだ。さすがに昇さんも緊張しているらしく、しきりに時計を見やっている。

ドアが開いて、晴日が新しいカップに熱い紅茶をみっつ、運んできた。テーブルの上に音もなくカップを置くと、晴日は、昇さんに向かって言った。

「お待たせしてすみません、お義兄《にい》さん。父は、もうすぐ来ますんで」

ちゃっかりと「お義兄さん」と呼んだ。こういうところが、妹の抜かりないところなのだった。出ていきかける晴日を、「よかったら、ご一緒していただけませんか」と昇さんが呼び止めた。晴日ははにかみ笑いをして、私の向かい側に座った。

やがて、パティシエ姿のままの父が現れた。昇さんは、雷に打たれたように、すぐさま立ち上がって頭を下げた。

「初めまして。山上昇です。今日は、お忙しいところを、早《は》ようからお邪魔してしまってすみませんでした」

父は軽く会釈をした。いつも以上にぶっきらぼうだ。私は、はらはらしてしまって、父の顔がまともに見られない。晴日の目が（お姉ちゃん、しっかり）と語りかけている。

「お母さまのご入院、お見舞い申し上げます。本来であれば、ご家族の皆さんがお揃いのときに、お伺いするべきやと思いますが……」

「その件は、家内から聞いとります」昇さんの言葉を、父がさえぎった。頑《かたく》なな様子を崩さずに。

「自分が不在でも来ていただきたいと、あいつが娘に言うたんでしょう。ほんまに、けがをしても口だけは達者で……」

「いえ、違います」きっぱりと、昇さんが言った。

「僕が、この家にごあいさつに上がるのを、もう、一日もさきに延ばしたなかったからです」

昇さんは、正直にお話しします、と前置きして打ち明けた。

去年、母が重い病気で入院した。母を励ます何かを求め、病院の近くの地下街にある雑貨店に立ち寄ったこと。おかしなくらいていねいに見送ってくれる店員の女性に出会ったこと。そんな人をお嫁さんにもらわなあかんよ、との母の言葉が遺言になったこと。母亡きあと、ひとりきりになった家と会社の味気ない往復、身を切るようなさびしさ——。

「そんなとき、陽皆さんと再会したんです」瞳を輝かせて、昇さんは言った。

「陽皆さんのすべてが、僕を元気づけてくれました。陽皆さんと一緒に過ごして、思ったんです。この人とやったら、一緒に新しい人生を歩いていけるに違いないと」

少し引っ込み思案だけど、はにかみ笑いがすてきな女性。花と緑が大好きで、なんでも話せるお母さんと妹、職人気質《かたぎ》のお父さんを、心から大切にしている。

「僕は、そんな陽皆さんが好きです。そして、今日、陽皆さんが住むこの街も、好きになりました。『スイート・ホーム』という、甘くてやさしい名前の付いたこの家に来ることができて、僕はうれしいです。この気持ちのまんま、僕は、陽皆さんを幸せにしたいと思てます」

一度も視線をそらさず、父の目をみつめたまま、昇さんは語った。聞いている途中から、私は、涙があふれてきて仕方がなかった。がまんしようと目を伏せたら、その拍子に、涙がぽたぽたと膝の上に落ちてしまった。晴日が、向かい側から無言でハンカチを差し出してくれた。その瞳もいっぱいにうるんでいた。

父も、昇さんをまっすぐに見て、終始無言で聴き入っていた。話が終わってから、しばらく目を閉じていた。心の目で、何かをみつめているようだった。私は、祈りにも似た気持ちで、岩のように動かない父をみつめていた。

やがて、父は目を開くと、嵐が過ぎ去ったあとの森のように、しんとしておごそかな声で言った。

「君の気持ちは、ようわかった。……家内がここへ帰ってきたら、もう一度、来てくれへんか」

昇さんは、黙ってうなずいた。半分受け入れつつも、半分迷っているような父の言葉に、私は戸惑いを覚えた。

「ほなら、これで。明日の仕込みに入らなあかんもんで」

短くそう言って、父は厨房へ去ってしまった。

父のそっけない態度にいちばん立腹していたのは晴日だった。「ごめんなさい、職人気質のがんこ親父なんやから」と、まるで母が乗り移ったかのような口調で、昇さんに詫《わ》びていた。

チョコレート色のドアを開け、昇さんとともに外へ出る。「じゃあ、送ってくるわ」と私が言うと、「うん、わかった」と晴日が応えた。そして、昇さんに向かって言った。

「お父さんの代わりに言うときます。姉の陽皆を、どうかよろしくお願いします」

「ほんまにもう、生意気やわぁ」私が言うと、昇さんは気持ちのいい笑い声を立てた。

「こちらこそ。末永く、よろしくお願いします」

私たちは、玄関先のキンモクセイの木のそばにたたずんだ。

「これが、君のメールに書いてあった……『秋になったら、みかん色の小さな花が咲きこぼれて、私の家を、いっそう甘くやさしく包み込んでくれる』キンモクセイやね」

昇さんが、こんもりと繁った枝を見上げた。

「両親が結婚したとき、最初に住んだ家の玄関先に植えてあったの。ここに引っ越すとき、お母さんがどうしても連れていくって言い張って。そやから、いま、ここにあるねん。それから毎年十月の第一週に、この木と一緒に家族写真を撮るの」

「そうか。この木は、君たちの家族みたいな木なんやね」

しみじみと、昇さんが言った。家族みたいなもん、と母が病院で言っていたことを思い出し、ふと、涙がこみ上げた。

お母さん。……私たち、家族になれるんかな。

私たちは、星のきらめく夜空の下へと歩み出した。バニラとバターの甘い香りと、生い茂る青葉の香りの中をバス停へと歩いていく。最初の角を曲がるとき、ふと、昇さんが足を止めた。そして、振り向いた。

青い闇の中に、白く浮かび上がるガラスの箱、「スイート・ホーム」。閉店時間をとっくに過ぎた店には、明かりが灯《とも》っていた。そして、店のドアの前に、ぽつりと立つ人影。

父だった。その右手が、白いパティシエ帽を外した。こちらに向かって、ていねいに、深々と、白髪まじりの頭を下げた。

またどうぞ、お越しください。お待ちしております。

そして、どうか。どうか――どうか。

――陽皆を、娘を、よろしくお願いします。

うつくしい一礼にこめられた、言葉にならない言葉。

昇さんは、遠くの父に向き合うと、父よりももっと深く頭を下げた。

私もまた、頭を下げた。その拍子に、また、涙がぽつんと落ちた。

涙のしずくは、プロムナードの石畳に、にじんで消えた。

青い画用紙を空いっぱいに広げたような、すがすがしい秋晴れの朝。

「お父さん、早よして。もう行かんと、お姉ちゃん、準備が間に合わへんし」

三脚の上に据えた一眼レフのデジタルカメラを調整する父に向かって、とびきりおしゃれなオーガンジーのワンピースを着た晴日が、あいも変わらずせかす。

「そんなにせかしたらあかんて、はるちゃん。せかせばせかすほど、お父さん、焦ってうまくセッティングできへんようになるって、去年も言うたでしょ？」

せっかちな妹をたしなめる母。全治二ヶ月の骨折から見事立ち直って、「スイート・ホームの看板娘」の座を奪還。最近では、長女の嫁入りカウントダウン情報を常連客に伝えるのが大事な役目となった。それを目当てに、工藤さんや未来先生、料理教室の仲間たちが毎日店に立ち寄るとか。

カメラをいじくる父をはらはらと見守っていた私は、「あっ、お父さん。ランプが点滅してるで！」と叫んだ。

「点滅しとるか？　なあ昇君？」レンズをのぞき込みながら、父が悠長な声で訊く。

「ええ、ばっちりしてます」苦笑して応えたのは、昇さん。今日から、香田家恒例・

家族写真の新メンバーとなった。

「早く早く。ほら、お父さん、こっちこっち」晴日があわてて、自分と私のあいだを指差す。私たちの前に置かれた椅子に座った母は、いつものように両足を上品に揃え、背筋をぴんと立てる。「よっしゃ、いま行く」父が駆け足で、私と妹のあいだに飛びこむ。私の左側に立った昇さんが、そっと右手を私の肩に添える。チカッ、チカッと点滅する、セルフタイマーのランプ。チカッ、チカッ、チカ、チカ、チカ……。

パシャッ。

「はい、今年の記念撮影、無事終了！　さあさあ、早よ行かんと。私らも、すぐに追いかけるから」

母が、元気よく昇さんと私の背中を押す。私たちは、じゃあおさきに、行ってきまあす、と大急ぎで車に乗り込んだ。

目指すは、宝塚のホテル。そこで、今日、私たちの結婚式と披露宴が開かれる。

私たちは、家族になるのだ。

「なあ陽皆ちゃん。会場に行くまえに、ちょっとだけ寄り道してもええかな？」

車を出してすぐ、昇さんが訊いた。私は首を傾げた。

「寄り道って、どこへ？」

「ええから、ええから。ついておいで」まるで歌でも歌うように、昇さんが言う。

そうして、私が連れていかれた場所。バス通りをずっと上った、丘の上のバス停の近くだった。街路へ降り立つと、昇さんは、まだ家の建っていない分譲地の一角へと私をいざなった。そして、眼下に広がる街の風景のずっと遠くを指差した。

「ほら、あそこ。見えるやろ？」

私は目を凝《こ》らして、昇さんが指差す先をみつめた。

日差しに輝く木々の緑、家々の屋根。かすかに小さく赤い屋根が見える。

ああ、あれは——。

「このまえ、君の家から帰るとき、ひとりでここまで来てみたんや。そしたら、見えたんや。あの赤い屋根が」

飛び立てそうに青い空の下、ひとつ、深呼吸をしてから、昇さんが言った。

「陽皆ちゃん。いつか、ここに僕らの家を作ろ」

今日からふたり、大阪の僕の家で暮らすことになる。でも、いつか、この街に帰ってこよう。自然がいっぱいで、空だってこんなに近くにある。そして君の家族にいつでも会えるこの街に。

どやろ？　僕の提案、受け入れてくれるかな？

はるかに大阪の街と、遠くの海まで見渡せるその場所に、赤い屋根、クリーム色の壁の家を思い浮かべる。大きな、眺めのいい窓のある家。

これから移り変わる季節、長い年月、その窓はどんな景色を見せてくれるのだろう。この場所で子供を育てたい。友だちを呼びたい。ここで暮らしたい――そう思い描いた瞬間、私はもう、うなずいていた。

ここで、一緒に作ろう。私たちのスイート・ホームを。

広々とひらけた風景の真ん中に、昇さんと私、手をつないで立つ。

遠くに、赤い屋根が見える。あれは、父と母と妹が暮らすなつかしい家。昇さんとともに一歩踏み出す私を、見送ってくれた家。

「見えるやろ？」もう一度、昇さんが訊く。

「うん、見える」私はうなずく。

私には、見える。この場所とあの場所に架かっている橋が。私たち家族は、ずっとつながっているんだ。

いままでも。いまも。これからも。

あしたのレシピ

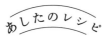

私の朝に、目覚まし時計は必要ない。

どんな夢をみていても、目覚める直前に、やさしい、あたたかいおみそ汁の香りが漂ってきて、私の鼻が敏感に反応するからだ。ちょっとつらい、悲しいような夢をみていたとしても、なんだか幸せな気分に変わって、ふっと目を覚ますことができる。

いつも、ふんわりとなつかしい気持ちで朝を迎えるのは、母が作るおみそ汁の香りのおかげだ。

ベッドから抜け出し、カーテンを思い切り開ける。目の前がさっとひらけて、大きな空と、遠くの海とが見える。眼下には、阪神間の街景色がなだらかに広がっている。朝日を受けて、街全体が輝いて見える。

この瞬間が、一日のうちで、いちばん好きだ。

この街に引っ越してきたのは、もう十五年もまえのこと。私は二十歳で、西宮にある大学の二回生だった。宝塚の山手にあるこの街に、父が家を建てた。それまでは大阪市内にある古いマンションに住んでいたのだが、緑の豊かな場所に住みたい、家庭菜園を作って週末には野菜を収穫するんやと夢を描いて、引っ越してきた。

私は、当時つきあっていたボーイフレンドがもとの家の近くに住んでいたこともあって、引っ越すことには正直あまり喜べなかった。けれど、新居の二階、南向きの部屋で寝起きするようになって、やっぱりここへ来てよかった、と思うようになった。

毎朝、南向きの大きな窓に下がっているベージュのカーテンを、さっと開けたときの感動。

街全体がきらきらと輝いて、おはよう、といっせいに語りかけてくれているみたいだ。

おはよう。今日もいい日でありますように。

心の中でそんなふうに街に語りかけて、私の一日が始まる。

「おはよう、お母さん」

階下へ降りていき、キッチンに立つ母の後ろ姿に声をかける。

トントントントン、とリズミカルにタマネギを刻んでいた母は、一瞬だけ手を止めて振り向く。そして、にっこり笑う。

「おはよう、未来ちゃん」

我が家のキッチンは特別だ。家を建てるときに、料理研究家の母があれこれ工夫を凝らしたものだ。「ここだけはわがまま言わせてほしいねん」と、資金繰りで渋い顔をする父に対して、一歩も譲らず、一生に一度、自分の夢と理想のすべてが詰まったキッチンを、とうとう実現させた。

最近流行のキッチンとダイニングが一体型になっているものではなく、こぢんまりとしているものの、独立したキッチンだ。水回りやガスコンロなどは広々していて、下ごしらえも楽々できるようになっている。食器の収納も充実していて、床から天井まで、壁面全部が収納棚。その中に、母が大好きなロイヤルコペンハーゲンの白磁のシリーズや、父が旅行先で買い求めた民芸調のカップなどが、肩を寄せ合って並んでいる。棚の下半分は引き出しになっていて、さっと引き出せば重ねたお皿の数々を手軽に取り出せるようになっている。我が母ながら、こういう細やかなところに気配りできるのはさすがだなあと思う。

「おみそ汁、つけよっか」

汁椀《しるわん》を取り出しながら尋ねると、タマネギを刻みながら母が応える。

「うん、頼むわ。あ、ついでにスムージー作ってもらってもええ？　そこに材料、準備してあるし」

「はいはい、任せて」

リンゴ、小松菜、にんじん、ヨーグルト。そこに、レモンジュースを少々。ミキサーにかけて、グイーンと勢いよく攪拌《かくはん》する。

キッチン内は、お鍋がくつくつ煮立つ音と、ミキサーの元気いっぱいの振動と、包丁の軽やかなリズムで、にぎやかだ。ちょっと調子っぱずれの愉快なオーケストラのような。

ひじきの煮物、ポテトサラダ、たくあんと梅干しをトレイに載せて、リビングにあるテーブルへと運ぶ。おみそ汁をつけて、最後に、みっつのお碗《わん》に炊きたてのご飯をよそう。

ほかほかと湯気の上がるお碗のひとつを、小さなトレイに載せる。小皿にひじきの煮物を添えて。それから、リビングの隣にある和室の客間へとそれを運ぶ。

キッチンとは対照的に、しんと静まり返った部屋。床《とこ》の間《ま》の隣に仏壇が置いてある。その中に、父の写真がある。何やらとってもうれしそうな笑顔。

「おはよう、お父さん。今朝《けさ》は、お父さんの大好きなひじきの煮物やからね」

そっと語りかけ、ご飯とひじきの小皿を仏前に供える。手を合わせ、目を閉じる。

今日も一日、いい日でありますように。

いい仕事ができますように。

料理で、誰かを幸せにすることができますように。

天国から見守っててね。お父さん。


やわらかな春風が、小径の木々の梢《こずえ》をさわさわと揺らして渡ってくる。

小径の隣にはスーパーマーケット「オアシス」があり、豊かな緑を眺めるテラスがある。買い物帰りの夫婦や、犬を連れて散歩中の人が、このテラスでくつろぎ、ときにはランチやスイーツを広げておしゃべりをする姿も見られる。

そのテラスのこちら側には、「オアシスキッチン」がある。スーパーマーケット併設の料理教室で、お店で手に入る食材を使って、気軽に料理を学べる場所となっている。

そして、「オアシスキッチン」は、私の職場でもあった。

「じゃあ、皆さん、ご準備はよろしいでしょうか」

色とりどりのエプロンをつけ、ノートとペンを手にした女性たちが、同時に「はあい」と返事をする。

「今日は、旬の春キャベツを使った和風ロールキャベツを作ります。この季節に出るキャベツ、めっちゃおいしいですよね。私、いまじぶんは、キャベツキャベツって、キャベツばっかり食べてしもて……なんかもう、ほんまウサギになったような気分です」

「ほな先生、バニーガールちゃんやね」

クラスのムードメーカー、徳永《とくなが》さんがすかさず言う。「あら、ほんまやね」「バニー先生や」と、ほかの奥さんたちが声を合わせて笑う。

「いやいや、バニーガールになれるほどのお色気ないですし。食い気オンリーです」

そう言うと、また笑い声が上がる。

「まあともかく。キャベツには、ビタミンがたっぷりなんです。ビタミンCとビタミンK。ビタミンCが肌荒れなどに効くことはよく知られてますよね。ビタミンKは骨の形成、骨に効くんです。さらにキャベジンと呼ばれるビタミンUも含んでいて、これは胃の調子を整えるのに効果があるんです」

「はい、質問」いつも勉強熱心な小川《おがわ》さんが手を挙げる。

「先生、キャベツやからキャベジンやの？」

「いや、それは……」私の料理想定問答集に、その答えは載っていない。

「センセを困らせたらあかんよ、小川さん」こちらも愉快なキャラクターの、進藤《しんどう》さんが口を挟む。

「キャベツ大好きセンセは、ビタミンCでお肌つやっつややねんから、骨もパッキパキ、胃もシャッキシャキやねん。あたしらも、いっぱいキャベツ食べたら元気になれるってことで。な、センセ？」

「はい、その通りです」苦笑して応える。

なんなんだ、骨パッキパキで胃もシャッキシャキって……と思いつつ、話がさきに進まないので、とにかく、

「それから、付け合わせはタコとお豆のマリネのサラダ。さっぱりとコリコリ、食感がいいですね。そして菜の花とあさりのご飯。こちらも春満開のレシピです」

「わあ、ええね。春満開」誰かが声を上げると、

「ほんまやね。春らんまん」誰かが応える。

「桜ももうすぐ満開やし、お弁当持ってお出かけしたいわあ」

「そうやわ。高木《たかぎ》さんのお宅の前の道、すっごい見事な桜並木やし、今日のレシピでお弁当作って、みんなでお花見に行かへん？」

「あ、それいいアイデアやわ。先生も誘って、みんなで行きましょ」

「そうやわそうやわ。ね、先生、お花見しましょ。この週末どないです？」

「あかんよ、週末には雨降るゆうてたもん。明日にしましょ。ね、センセ、明日、あした。このレシピでおべんとこさえて、復習も兼ねて」

「ほんなら、今日のレシピは、明日のレシピや」

ほんまや、そうしましょ、みんなでお花見や、うれしいなあ。

口々に言い合って、にぎやかに笑って、誰もがみんな、ほんとうに楽しそう。

おかげで、なかなか授業が進まないのだけれど。

これが、私の職場。自宅から徒歩七分の場所にある、楽しい料理教室なのだ。


料理教室「オアシスキッチン」を併設しているスーパーマーケットは、兵庫県と大阪府内に数カ所ある。

私は、このうち三カ所の講師として、打ち合わせも含め、週に五日間、あちこちへ出勤している。

料理を教えること自体、大きな喜びなのだが、それぞれの教室に個性的な生徒さんが参加していて、ほんとうに飽きない。多くは四十代、五十代の主婦で、私よりもお姉さんだし、主婦業ン十年のベテランの方々もいる。別に習わずとも普通に料理上手な人がほとんどなのだが、「いつもよりちょっとてまひまかけて、家族を喜ばせたい」とか、「ありきたりの食材で、一風変わった料理を作ってみたい」とかいう理由で参加している。

私は三十五歳独身で、愛する夫や子供のために料理を作ったことは、残念ながら一度もない。その点では、先輩方にとてもじゃないがかなわない。

だから、毎回、教室で生徒の皆さんに教えるレシピを考えるのには、ほんとうに気を遣う。

生徒の皆さんは、世界でいちばん大切な人のために、いったい、どんな料理を作ってあげたいと思うんだろう。

きっと彼女たちの家族は、いつもの料理でじゅうぶん満足しているはずだ。卵焼きと、肉じゃがと、白いご飯と……だけど、何よりも家族の幸せと健康を願う彼女たちは、もうちょっとだけアイデアを加えて、もっと家族に喜んでもらいたいと思っているに違いない。

どんな料理ならば、家族はいっそう喜ぶのだろう。

豪華で珍しいからいいってものじゃない。あくまでも食材は千円以下に抑えたい。お得感があって、見た目にもきれいで、特別な感じもあって、そしておいしい。ほかほかと湯気を立てる食卓。そのまわりに並ぶ顔が、ぜんぶほっこり笑顔になって、幸せを分かち合えるような。

そんな料理。幸せのレシピ。

ああ、今度のレシピは、どないしよう。

「未来先生、宿題か何か、してるとこ?」

テーブルの上にノートを広げ、その上でスマートフォン片手に頬杖をついて、いつのまにか大きなため息をついていた。

トレイにケーキと紅茶のカップを載せて、すぐ近くに立っているのは、スイーツショップ「スイート・ホーム」のお手伝いをしている、山上陽皆ちゃん。

「あー、あかん。レシピ作りで苦悩してるとこ、見られてもぉた」

私は苦笑して、ノートをぱたんと閉じた。そのそばに、陽皆ちゃんが、そっとケーキの皿とカップを置いた。

ここ「スイート・ホーム」は、ちょくちょく立ち寄る大好きなお店だ。ショーケースに並んだ色とりどりのケーキやスイーツは、和三盆《わさんぼん》や旬のフルーツを巧みに取り入れた絶品ばかりで、ご近所のマダムや女子たちに大人気。大阪や神戸《こうべ》から買いにくる人もいるという。昨年、ケーキとお茶を楽しめるちょっとしたカフェスペースが店内に作られた。そんなこともあって、ついつい長居をしてしまうのだった。

私たち家族がこの街に引っ越してくるずっとまえから、「スイート・ホーム」はこの場所にあった。お店のかたわらにはキンモクセイの木があり、秋になればバニラの香りに負けないくらい甘い香りを漂わせていた。

私たちが引っ越してきたとき、この店を真っ先にみつけたのは母だった。「めっちゃいいにおいのするお店があるねんよ」と、私を誘って、ケーキを買いに出かけた。そのときに迎えてくれたのは、奥さんの秋子《あきこ》さん。陽皆ちゃんは高校生だった。恥ずかしがり屋で引っ込み思案の女の子だったけど、大学生になってからはときどきお店を手伝っていた。そして、私たちは自然と仲良しになった。

ふだんは秋子さんが「名物看板娘」として、ショーケースの向こうに立っている。ふたりの娘さんのうち、長女の陽皆ちゃんは、六年まえに嫁いで、大阪に住んでいたが、昨年末に実家のあるこの街へ引っ越してきた。海の見える高台に、赤い屋根、クリーム色の壁の「念願の新居」をようやく構えたのだ。それからは週に三、四日ほど、「新・看板娘」として、お店を手伝っている。西宮の会社に勤める次女の晴日ちゃんも、忙しい週末にはときどきヘルプに入る。美人の看板娘が三人揃っててきぱき働く姿は、男性ならずとも見ていてうっとりしてしまう。

「レシピ作ってたんやね。難しい顔してるから、なんや宿題と格闘中かなあ、思ってた」

陽皆ちゃんがくすくす笑う。私は、つい赤くなった。

「まあ宿題みたいなもんやね。来週の教室で、生徒の皆さんに手がけてもらう料理のレシピやから」

「来週の教室……『オアシスキッチン』の？」

私はうなずいた。

「ふうん、なんか不思議やな。未来先生、めっちゃレシピのバリエーションあるねんで〜って、ご近所の徳永さんが言うてはったよ。何百ものレシピが頭の中に入っててて、すーっと出てくるんと違うの？」

「まさかあ。いっつも苦労してひねり出してるねんよ。手軽に揃う食材で、予算千円くらいで、ちょっと変わってて、おいしくて……って、なかなか難しいねん」

「わ、予算千円以内で？　ちょっとそれ、私も興味ある」

陽皆ちゃんが身を乗り出した。結婚まえにケーキ作りで参加して以来、カムバックの時間がなかなか取れなかったという。が、お得な食材費＝参加費であると知って、急にスイッチが入ったようだ。

「よかったら、陽皆ちゃんも参加してみて。ご近所や大阪から来てはる生徒さんもいてるし、めっちゃ楽しいよ」

私が言うと、

「わあ、ええこと聞いた。毎日毎日、食事何にしようか悩まされてるし。昇さんの好物ばっかり作ってきたけど、ちょっと最近マンネリやったから……よし、勉強してびっくりさせよ」

いたずらっぽく笑う。

陽皆ちゃんのだんなさん、昇さんは、かっこよくて、やさしくて、奥さんをとても大切にする、まったく絵に描いたような「イケダン（イケてるダンナ）」なのである。

はあ、うらやましいこと。同じ街に住んでいて、同じ年代なのに、こうも違うなんて。

私は、西宮市内の女子大の栄養学科を卒業して、大阪市内の食品会社にいっとき勤めたことがある。そのときにボーイフレンドのひとりでもみつけておくべきだったのだが、上司、先輩、同僚の男性はすべて既婚者またはカノジョありで、いい出会いに恵まれなかった。

大学時代に付き合っていた彼とは卒業までにさよならしてしまった。以来、合コンすれども、友人に紹介されれども、なかなかこれといった人に出会うことがなかった。

その後、一念発起して料理研究家を目指し、料理教室の講師などを務めるようになったのだが、気がつけば三十代も半ば。そして教室に来るのは年代が上の先輩主婦ばかり、という状況になっていた。

料理教室の話題で盛り上がっていると、お店のガラスのドアが開いて、男性がひとり、入ってきた。

「あ。いらっしゃいませ」

私とのおしゃべりに興じていた陽皆ちゃんは、明るく声をかけて、ショーケースのほうへと戻っていった。

男性は、吸い寄せられるようにショーケースの前に突っ立った。ぼさぼさの髪の毛で、銀縁メガネをかけている。背中を丸めて、ジーンズのポケットに両手を突っ込み、ショーケースに見入っている。アラサーのクリエイター系男子、といったところか。まるで、テレビゲームに熱中するような表情だ。

なんだろ、あの人。ここのお客さんには、あんまりいてへんタイプやけど……。

メガネ男子は、「ええっと」と、右手をポケットから出して、

「ショコラーデントルテと、ミルクレープと、いちごショートと、スイート・ホーム・ロールケーキをひとつずつ……あ、モンブランも」

次々にケーキを指差して言った。「はい、ひとつずつですね」と、陽皆ちゃんがにこやかに応対する。

「あ、それから、焼き菓子も。各一でお願いします。ダックワーズと、フィナンシェと、アーモンドフロランタン、ガレットブルトンヌ、くるみのクッキー、あんずのタルト、抹茶のブラウニー……チョコレートブラウニーも……」

陽皆ちゃんは忙しくケーキを箱に詰め、焼き菓子を袋に詰めた。猛烈にスイーツを買い込む謎《なぞ》の男子に、私はなんとなく興味を持った。

いろんな種類をひとつずつ、か。ちょっと買い込みすぎって感じやけど、カノジョへのプレゼント？　それとも、職場で配るとか？

でも、平日の午後にスイーツショップにジーンズで入ってくるんやから、一般的な会社の勤め人と違うな。

見かけない顔やけど、このあたりの住人やろか。それとも、わざわざこのお店にスイーツを買いにきたんかな。せやったら、なかなかのセンスやん？

「はい、中身をご確認ください」

陽皆ちゃんが大きなケーキの箱と、焼き菓子を入れた袋の中を広げてみせた。メガネ男子は、ひとつひとつのスイーツをなぞるように見て、こくんとうなずいた。そして、にこっと笑顔になった。

その笑顔を見た瞬間、胸の中で、ことん、と何かが小さく動いた。

あれれ、メガネ男子、なかなかかわいい笑顔やん。

ちょっとオタクっぽいけど、この店のスイーツがめっちゃ好き、って感じが、なんか、いいかも。

「よお、辰野《たつの》君。いつも、ありがとうございます」

厨房から、香田パティシエが現れた。そして、意外にも、ごく親しげにメガネ男子に声をかけたのだった。

この店の厨房は、お店とのあいだがガラス張りになっていて、ショーケースのこちら側から奥でのお菓子作りが見えるようになっている。逆に、厨房側から店内の様子もうかがえるというわけだ。常連客が来店すると、必ずといっていいほど、パティシエ自らが出てきてあいさつをしてくれる。

香田パティシエは仕事もていねいなのだが、接客もとてもていねいで、彼の人柄に惹かれてやってくる人も少なくない。もちろん、私とて、パティシエとその家族のキャラクターに親しみをもっているということもあり、ここの常連になっているのだった。

辰野君、と呼ばれたメガネ男子は、ひょこんと頭を下げて、「どうも」と、少し照れくさそうに応えた。

なんやろ、この親しげな感じ。メガネ男子、「スイート・ホーム」の常連さんなわけ？

これは、ますます、めっちゃ気になるぞ。

「こんにちは、香田さん」

私は、椅子から立ち上がって、元気よく声をかけ、ショーケースのほうへ歩み寄った。

「おお、未来ちゃん。来とったんやな。僕、さっき奥に引っ込んどって、気づかへんかったわ。いつも、おおきに」

律儀に頭を下げる。十五年ものおつきあいがあっても、こんなふうにていねいなところが、ほんとうにすてきだ。

私は、いえいえ、と恐縮しつつ、辰野君のほうを向いて、声をかけてみた。

「こんにちは。いつも、こちらに来てはるんですか？」

辰野君は、「え……あ、まあ……」と歯切れの悪い返事だった。

「彼、大阪に住んでるねんけど、去年くらいからかな、えらい足繁く通ってくれてはるんや。で、次に来たときに、必ず感想言うてくれんねん。ほんま、うれしいことや」

辰野君の代わりに、香田パティシエが言った。

「え、それはすごい」と私は、思わず感嘆の声を上げた。

「わざわざこのお店目当てで、ここまで来はるんですか？」

「ええ、まあ……」辰野君は、やはりもじもじしている。

「どうやってこのお店知ったの？　雑誌とか、お客さんのブログとかで？」

「はあ、まあ……」

「そうなんや。で、あんまりおいしくて、ハマっちゃったと」

「はい、まあ……」

「さらには、パティシエのお人柄に触れて、いいなあ、と」

ている。

「はあ、まあ……」

香田パティシエが、こらえ切れずに笑い出した。

「なんや、未来ちゃん。まるで誘導尋問やな。辰野君、たじたじやないか。『はあ』とか『まあ』とかしか、言うてへんぞ」

笑いながら、香田パティシエが言う。陽皆ちゃんも、一緒になってくすくす笑っている。

私は、思わず顔が熱くなった。この不思議なスイーツ男子に興味を持ってしまったので、つい、食いついてしまったようだ。

「ごめんなさい。初対面の方を、図々しく質問攻めにしてもうて……」

私は、赤くなりながら辰野君に詫びた。すると、辰野君はすぐに返した。

「いえ、いいんです。きっと、そちらもこのお店のスイーツが好きなんやろな、って、伝わってきました」

メガネの奥の瞳がやさしく微笑んで、私をみつめた。そして、言った。

「僕ら、『スイート・ホーム』の『スイーツ同志』……ですね」

我が家のキッチンは、毎晩、私の書斎となる。

壁面いっぱいの食器棚の一部は、母と私が買い込んだ料理本で埋まっている。母の蔵書の中には、「結婚するときに持ってきた」という、かなり年季の入った「家庭料理読本」もある。ページのあちこちが擦《す》り切れてよれよれになっていたが、母はいまでも「初心に戻って」この本を開くという。

私も、レシピ作りに困ったときには、この本を広げ、さあどうしようとにらめっこする。

「オアシスキッチン」の担当者・花井《はない》さんからは、スーパーで提供できる食材のリストがメールで届いているので、それを念頭にレシピ作りをするわけだが、あっというまにでき上がるときもあれば、なかなかアイデアが出てこないこともある。そんなときには、母にならって、「初心に戻る」ことにしている。

「まだレシピ決まらへんの？　今晩、しめきりなんやろ？」

キッチンの作業テーブルで頭を抱え込んでいたら、母に声をかけられた。お風呂上がりの母は、ルームウェアを着てタオルを首にかけている。「早よお風呂入んなさい、冷めるし」と、しめきりが迫る娘をせかす。

「今夜じゅうに花井さんにメールせなあかんのやもん、しゃあないでしょ」と返す

と、

「ほな、お母さんが考えてあげよか？　すぐにできるで」ちょっと意地悪な口調で言う。

料理研究家として知名度のある母は、梅田と芦屋《あしや》にそれぞれ教室を持ち、カルチャーセンターなどでも教えて、何百人もの生徒さんに料理の手ほどきをしている。決して華々しいメニューではないし、忙しい主婦のための「手抜き料理」なるものも教えない。ていねいに下ごしらえをし、だしを取り、ひたすらやさしい味に仕上げる。それだけなのだが、考えてみれば、それが料理のすべてとも言える。

その母の手料理で育った私は、ほんとうに幸いだったと思う。知らず知らず、豊かな味覚をつちかうことができたのだから。

あまりにも母の料理の影響が強かったから、シェフとか料理研究家とか、料理の専門家の道にだけは踏み込んではならない、と思っていた。自分で作るもののすべてを母のものと比較してしまうだろうし、母に近づこうとしてしまうだろう。そうなったら、オリジナリティが勝負の専門家としては失格だ。

それなのに、料理への興味を抑え切れなかった私は、栄養学科のある大学に進み、食品関係の企業に就職した。そして、気がつけば、母と同じ道を歩もうとしている。

我が家の冷蔵庫には、四季を通して、十数種類がブレンドされたハーブティーが常備されている。それを取り出して、ふたつのコップに注ぎ、そのうちのひとつを、母は私の目の前に置いた。

「わかってるんやろ。行き詰まったときは、どうしたらええんやった?」

コップを手に取って、「わかってますって」と私は応える。

いまから十年近くまえのこと。父の一周忌を機に、料理研究家になると決めて退職した。母は、黙って私の決意を受け入れてくれた。

ほんとうは、小言のひとつも言いたかったんだと思う。あんたが思ってるほど楽と違うよ、とか、安定した収入は得られへんよ、とか。けれど母は、娘を持つ親ならば誰だって言いたくなるようなことは、ひと言も口にしなかった。

その代わり、たったひとつだけ、母と私は約束したのだ。

もしも、あしたのレシピに、行き詰まったとき。

お父さんのことを、思い出そう。

お父さんやったら、何が食べたいかな。

最近、疲れてるやろから、あったかいものでほっと一息ついてもらおう。ストレスで胃が痛い、言うてたから、胃にやさしいものを作ろう。ちょっと気分を変えたいやろから、ワインに合う前菜を用意しよう。

お父さんに、元気でいてもらうために、何を作ろうか。——そう考えること。

それが、母と私の約束だった。

実は、父が他界する直前に、私は病床の父に打ち明けていた。

お母さんと同じ道に進みたい。でも、会社を辞めたら、すぐには収入のあてもないし、お母さんに迷惑かけてしまうかもしれへん。

私の料理を受け入れてくれる人が、世の中にいてくれるかどうかもわからへん。

やってみたいけど……夢やけど……その気持ちとおんなじくらい、不安でいっぱいやねん。

どうしたらいい？　お父さん。

やせ細った父は、弱々しく、けれどやさしく微笑んで応えてくれた。

お前、大人になったなあ。

お母さんのこと、そんなふうに思いやってくれるなんてな。

せやけどな、未来。おれも、お母さんも、お前がやりたいことをできへんとがまんしてるんが、いちばん切ない。

お前がお母さんと同じ道に進みたい、言うのを、どうしてお母さんが止めると思う？

やってみなさい。それが、人生でいちばんやりたいことなら。

そう言って、父は、大きくため息をついた。

ああ……家に帰りたい。明日、食べたいなあ。

お母さんと、未来と、ふたりして作った手料理を――。

その翌日、父は帰らぬ人となったのだった。

「お父さん、何が食べたいかなあ」

キッチンのテーブルの上にハーブティーのコップを置いて、私はため息をついた。

「そうやね。鯛《たい》と菜の花のカルパッチョ……なんて、どう？」

母が、いたずらっぽく笑って、秘密の話でもするように小声で言った。


翌週の「オアシスキッチン」。

いつもにぎやかな教室内が、その日、ずいぶん静かだった。先輩主婦の生徒の皆さんが、なんだかそわそわしている。

いや、生徒さんばかりではない。私だって落ち着かない。

それは、なぜか。

女性ばかりの生徒さんに交じって、ただひとり、男子がいるからなのである。

私を「スイーツ同志」といきなり呼んだ、辰野始《はじめ》君。二十九歳、ウェブデザイナー。スイーツ男子歴二十四年。五歳の頃に「自分がこの世でいちばん好きなものはケーキだ」と自覚し、以来、スイーツを食べ続けているという。パティシエになると決意するのではなく、あくまでも食べるの専門で成長した、というところがおもしろい。そして、すらりとした体形からは、スイーツに目がない男性であるとはちょっと想像できない。

先週、「スイート・ホーム」で偶然出会った私たちは、その後、カフェスペースでひとしきりおしゃべりに興じた。私の「誘導尋問」で始まった会話だったが、私を一方的に「スイーツ同志」と認定するやいなや、辰野君は急にいきいきと話し始めた。

ウェブデザインをするかたわら、関西各地のスイーツを食べ歩きしているという。撮りためた写真と併せて、ブログで「スイーツ評論」を展開中。特に阪神間のスイーツショップ紹介は、全店踏破を目指していることもあり、内容がすばらしく充実している。その場でタブレットで見せてくれたのだが、お店とパティシエとスイーツを詳細に紹介する記事は、お菓子系専門雑誌以上のできばえだ。ていねいな取材と文章も感嘆ものだが、何よりスイーツに対する愛情がある。パティシエに対する尊敬《リスペクト》がある。そこに私はとても共感した。

「いろいろ行ってみて、『スイート・ホーム』が気に入ったのは、なんでなん？」

私が訊くと、

「言葉にできへん雰囲気があるんです」

そう応えた。

ここのスイーツは、もちろん、見た目も味も一級品なのだが、香田パティシエのていねいな仕事や、秋子さんや陽皆さんの接客、こぢんまりとしたカフェスペース、それらがかもし出すあたたかな雰囲気がとてもいい。加えて、常連客とのやり取りも、アットホームでいい感じ。

駅からのアプローチがことさらいい。バスに乗って、眼下に街を眺める橋を渡って……。バス停で下りて、緑いっぱいの道を歩き、いくつかの角を曲がるうちに、いいにおいが漂ってくる。バニラとバターの甘い香り。語りかけるような街路樹、家々の庭先を彩る季節の花々。

「ああ、世界でいちばんおいしいケーキが待っててくれるんや！　そんな気持ちになって、どんどん盛り上がって、お店にたどり着く。そのアプローチが、何より好きなんです」

あまりにも熱っぽく語るので、つい噴き出してしまいそうになった。それでいて、私は、この人に好感を持った。

スイーツそのものばかりではなく、作る人、売る人、買う人が、一体となってかもし出すえも言われぬ幸福感。そして、小さなお店だけれど、スイーツが好きな人々の交流の場となり、この街の引き立て役となっていることへのあたたかな視線。

この人は、かなりセンスがいい。独特の視点をもっているのも、クリエイターっぽくて、とてもいい。

さらに、辰野君は驚くべきことを教えてくれた。

スイーツをできるだけたくさん食べ続けるために、まともな食事は一日一食しかとらないのだという。私は、「そんな、むちゃくちゃな」と、思わず言った。

「スイーツは楽しみではあるけど、主食にはならへんよ。むやみにケーキばっかり食べるんじゃなくて、きちんと食事をして、一日一度とか、多少節制したほうが、もっとおいしく感じられるはずやし」

「わかってるんですけど……」と、辰野君は苦笑した。

「ちょっとまえまでは、質より回数、みたいなとこもあって……カロリー半端やあらへんし、つい普通の食事を控えるようになってもうて……」

ひとり暮らしをしているので、料理することもまれ。ついついスイーツ優先になってしまう、と言う。

陽皆ちゃんが、紅茶のおかわりを持ってきてくれた。そして、そのついで、という感じで、ごく軽く誘ったのだった。

「じゃあ、未来先生のお料理教室に参加してみはったら？　この近くのスーパーマーケットの中に教室があるし。そこへ参加した帰りにうちへ寄ってくれはったら、うれしいし」

そんなわけで、「オアシスキッチン」初、男子の参加となったのである。

「今日は、春のホームパーティーということで、メニューを考えてみました」

エプロン姿も初々しい辰野君に、生徒さんたちはちらちらと視線を送る。辰野君は、真剣な表情で、テーブルの上にノートを広げ、ペンを握っている。そして、やはりその日ひさしぶりの参加となった陽皆ちゃんも、辰野君の隣で、目を輝かせて私をみつめているのだった。

その日のメニューは、鯛と菜の花のカルパッチョ、春のサラダ・粒マスタード添え、うどとたけのこのパスタ、ガーリックトースト。

待ちに待った春の到来を、家族と、友人と、恋人と喜び合い、存分に楽しむ。きりっと冷えた白ワインに合う春メニューを、とっておきのレシピで。

三人ずつの班に分かれて、いざ調理を開始。私は、各班を順番に回って、調理の手順や火加減などを見て回る。生徒さんは、皆、手慣れたもので、てきぱきと調理する。そんな中で、ひとりだけ、危なっかしい手つきで鯛の切り身をスライスする辰野君。見ているこっちのほうが、はらはらしてくる。陽皆ちゃんが、包丁の持ち方を親切に教える。なんだか、その接近具合もちょっと気になる。

「なあ辰野さん。『春の到来』を一緒に楽しむ人、いてはるん?」

辰野君と同じ班になった徳永さんが、さっそく核心に切り込む。その質問を耳にして、思わず割って入ってしまった。

「鯛、スライスできましたか? あ、いい感じ。上手上手。ほな今度は、それに塩を振って。菜の花もゆで上がってますね。水にさらして、冷めたら絞って水分を切って……」

「あらセンセ、いつもよりていねいですやん。やっぱり若い男子のほうが指導しがいあるの?」

進藤さんが茶々を入れる。私は、顔が熱くなるのを感じながら、

「そりゃそうですよ。皆さんは超ベテランですもん、お任せしたかて全然不安じゃありません」

そう言い繕った。すぐに徳永さんがやり返す。

「センセ、えこひいきはあきませんよ。私らにかて、ちゃんと教えてくれはらへんと。その代わり、辰野さんには、うちが手取り足取り教えてあげますし」

「手取りはええけど、足取りはやりすぎちゃう？」小川さんが突っ込む。

「ほんまや。足取ったらひっくり返ってしまうわ」進藤さんが言うと、皆、声を合わせて笑った。

辰野君も、少し顔を赤らめながらも、楽しそうに笑っている。その笑顔を見て、またしても、ことんことん、と胸の中で何かが動いた。

ふだんはちょっととぼけた表情なのに、少しはにかんだような笑顔が、とてもすてきな人。

一生懸命、目の前のことに向き合う顔は真剣そのもの。料理のことは何もわからない、と言っていたけれど、とにかく始めてみる思い切りのよさ。

こういう人、嫌いじゃないな。

……好きかもな。

格闘すること一時間、でき上がった料理の皿をテーブルに並べると、辰野君はさかんにスマートフォンで写真を撮った。「早よ食べへんと、冷めてしまうよ」と陽皆ちゃんにせかされて、ようやく席に着く。

「いただきます」

ひと口、食べる。たちまち、ぱあっと、春の光に照らされたような笑顔になった。

ことこと、ことん、と私の胸の中で、やっぱり何かが忙しく動いた。動き始めて、もう、止まらなくなった。


紅葉が始まった街路樹の小径を抜けて、いくつかの角を曲がると、どこからともなく甘い香りが漂ってくる。

秋の花、キンモクセイの香り。それから、バニラとバターのいいにおい。

自然と、足が速くなる。一瞬でも早く到着したい。「スイート・ホーム」に。

どんなに疲れて帰ってきても、仕事でうまくいかないことがあっても、ここまで来れば、もう大丈夫。駅からバスに乗って、ふたつめのバス停で下りて、色づき始めた街路樹を眺めながら、甘い香りのする場所へと向かう。そこでは、おいしいスイーツと、なごやかなパティシエ一家が、私の到着を待っていてくれる。

そして、ここのところ、スイーツばかりでなく、料理の楽しさに目覚めた男子がひとり、私を待っていてくれる。

「いらっしゃい、未来先生。辰野君がお待ちかねですよ」

ドアを開けてお店に入ると、ショーケースの向こうから、陽皆ちゃんが声をかけた。

「あ、そう。もう来てるんや」と私は、できるだけ平然として応える。実は、胸の中では、ポップコーンが弾けるみたいに、ぱちぱちとにぎやかに何かがはぜている。

約束の時間の十分まえだった。だけど、辰野君は、いつも私が到着するよりまえに、約束の場所に来てくれているのだった。

「スイート・ホーム」で会うことが多いけれど、最近は、この街のあちこちで会っている。「オアシスキッチン」はもちろん、そのかたわらにあるテラス席、小径のベンチ、それに、遠くの海まで一望できる丘の上の公園。大阪で会ってもいいのだけれど、辰野君は、この街で、といつも言う。ごみごみした市街地ではなく、木々の緑がきらめいて、風が気持ちよく吹き抜ける街。どこまでも明るい空が広がる街。

いつもおいしいスイーツが待ってくれている。料理を学ぶ楽しい時間が流れる。この街に来るのが自分にとって最大の楽しみなのだと、辰野君は言う。

ひょっとして、その中に、「未来先生が住む街だから」……って理由も、入ってたりして。

などと思って、ひとりでにやけてしまう。

辰野君と私が、夏以降、頻繁に会っているのは、残念ながらデートをしているからではない。

彼は、「スイート・ホーム」のウェブサイトと、私のウェブサイト、両方のデザインを手がけているのだ。

足繁くお店に通う彼の熱意に、香田パティシエがいたく感激して、「うちのウェブサイトをデザインしてくれへんやろか」と依頼した。辰野君は、喜んでこれを引き受けた。

旬のスイーツの情報がすぐに更新されるし、常連客の声などもきちんと取材して掲載される。お客さんには大変好評で、これを見て遠方からの来店者も増えたという。

「未来ちゃんも、ウェブサイトのデザインと運営を辰野君に頼んだらええで」とパ

ティシエに勧められた。レシピを考えるのに必死で、ブログもろくに更新できない私なんかが……と思ったが、

「せっかく考え出したレシピを、教室の一回限りで終わらせるのはもったいないです。ウェブに残して、たくさんの人に知ってもらえたら、僕もうれしいし」

なんと、辰野君のほうから「やらせてください」と申し出てくれた。

そんなこともあって、辰野君と私は、頻繁に会うようになったのだ。

辰野君は、もともとクリエイティブな才能を持ち合わせた人で、最初はおっかなびっくり参加した料理教室でも、めきめき腕を上げた。先輩生徒さんたちから、「辰野君、めっちゃ器用や」「センスあるやん」「ええおムコさんになるよ」と持ち上げられたこともあってか、いつしか料理に夢中になり始めたようだ。

「スイーツ男子武者修行」なる彼のブログも、「手料理男子サバイバル」という新コーナーを設けて、アクセス数が急上昇したとか。

やり始めたら徹底的に追究してしまうタイプなのだ。それが、料理のほうに向いてくれたのが、私にはうれしかった。

教室が終わったあと、自分と私、両方のウェブサイトの「取材」も兼ねて、私の家のキッチンで一緒に料理をしたことも何度かあった。

あるとき、でき上がった料理を試食していたら、母が帰ってきて、思いがけないかたちで紹介するはめになった。辰野君は、いつものちょっと照れくさそうな笑顔になって、

「こんなに思いのこもったキッチンで料理させていただいて、ほんまにありがとうございます」

母に向かって、深々と頭を下げた。

いまどきの若者らしい風貌なのに、きちんとした態度。すっかり感激した母は、「ええひとみつけたやん」とすかさず勘違いをしていた。

ほんとにそうだったら、どれだけうれしいことか。

辰野君が、私の「ええひと」やったらなあ。

いつしか、そう思うようになっていた。

最初は、ちょっと変わった人やな、という好奇心。こんな弟がいたら楽しいやろな、という興味。色々教えてあげたいな、という姉貴心。

それが、だんだん変わってきた。

もっと近くに、もっとずっと一緒にいたい。できれば、このさきも、ずっと……。

四ヶ月かけて進めてきた私のウェブサイトのデザインが、いよいよ完成に近づいたある日。

辰野君との待ち合わせ時間より一時間早く、私は「スイート・ホーム」に到着した。

その日も、次の教室のレシピ作りに頭を悩ませていた。が、それだけじゃない。ウェブサイトが完成したら、辰野君とは、もと通り「料理教室の講師と生徒」の関係に戻る。

いや別に、ウェブデザイン進行中だって、依頼主とデザイナー以上の関係ではなかったが、それが終了すれば、「オアシスキッチン」でみんなと一緒に週に一度会うだけになってしまう。

それならまだましで、ひょっとすると、もう教室にさえも来なくなるかもしれない。お仕事終了、ほな別のクライアント探しにいきます、ってことで。

そんなのアリ？　……アリかも。いや、そこんとこナシにしといてよ。

ああ、どないしよう。

「どないしたん、未来先生？　また難しい宿題？」

カフェテーブルで、頬杖をつくどころか頭を抱え込んでいる私に、陽皆ちゃんが声をかけてきた。

私は、顔を上げて陽皆ちゃんを見ると、「どないしよう……」と、つい情けない声を出してしまった。

陽皆ちゃんは、じっと私をみつめて、

「……辰野君のこと？」

いきなり言い当てた。

あまりにも図星だったので、「なんでわかったん？」と、あっさり白状してしまった。

「わかるよ。恋する女子の態度は正直やもん」

にこやかに言う。私は、夏の真昼のカンカン照りの広場に放り出されたように、どっと汗が出るのを感じた。

「ってことは、向こうにもバレてるってことやろか……」

「かもね」陽皆ちゃんが、くすっと笑う。

「で、何が『どないしよう』なん？」

ぐっと詰まったが、もう隠してもしょうがない、と観念して、ウェブサイトの件が終了したら、もう彼と会えなくなるかもしれない……という懸念を打ち明けた。

陽皆ちゃんは黙って聞いてくれた。そして、

「思い出すなあ。誰かを好きになったときの、はらはらする感じ。私も、昇さんに初めて会ったとき、そうやった」

なつかしそうな口調で言った。

そう。陽皆ちゃんも、最初はだんなさんに片思いをしていた。どんなにはらはらしたか、結婚が決まったあとに教えてくれたっけ。

けれど、昇さんも教えてくれた。僕も陽皆に片思いしてしまったと思うてたんです、って。

「クリスマスにケーキを焼いて、思い切って告白しようと思ったんやけど……そのときには、昇さんは現れなくてね。結局ケーキを手渡すことはできへんかったけど」

片思いにピリオドを打とうと一念発起して、ケーキ作りに挑戦した。思えば、あのとき、ケーキに思いのすべてをこめた。作った時点でもう告白したようなものだった、と陽皆ちゃんは言った。

「せやけど……」と私はまた、情けない声を出した。

「そのとき、陽皆ちゃんは二十代やったわけやろ？　私、もうアラサーとも言われへんお年頃になってしもうたし……年下の二十代男子に告白なんかしたら、カッコ

悪ない？」

「ぜんっぜん」陽皆ちゃんはまた、にこやかに言った。

「そんなことあらへんよ。むしろ、思い切って告白したらかっこいいよ。私が辰野君やったら、絶対ぜったい、うれしいよ」

陽皆ちゃんに背中を押されて、私は決心した。

今度、うちで食事を作ろう。前菜からスイーツまでのフルコースを準備して。そして、辰野君を招待しよう。

テーブルを挟んで、正面に彼をみつめて、告げるんだ。

これからも、この家のキッチンで、私と一緒に料理しない？

あしたのレシピ、ふたりで作りたいんだ――。

そう心に決めて、私は辰野君が来るのを待った。「スイート・ホーム」のカフェテーブルで、そわそわとはやる気持ちをなだめながら。

辰野君は約束の時間の十分まえにやってきた。そして、私の顔を見るなり、どこかしら思い詰めたような表情で言ったのだった。

「今日は、ここじゃないところで打ち合わせしませんか？　……聞いてもらいたいことがあるんです」

茜色《あかね》の夕暮れが私たちを包み込んでいる。眼下に広がる街の豆粒のように小さな建物の数々が、夕日を反射してきらめいている。

辰野君と私は、丘の上の公園に来ていた。

春と、夏と、そして秋と。この場所に、私たちは何度もやってきた。「オアシスキッチン」に辰野君が通い始めた頃、この街の風景が気に入っている、という彼に、「ほな、私のいちばんのお気に入りの場所に連れていってあげるよ」と誘ったのがきっかけだった。

初めてここへ連れてきたとき、辰野君は、広々とひらけた風景を眺め渡して、「うわー!」と声を上げていた。「気持ちいいっ」と背伸びして、深呼吸をした。

「最高ですね。ここ、最高。この街最高。この街にある、『スイート・ホーム』最高。『オアシスキッチン』最高!」

なんでそこに「未来先生最高!」っていうのを加えてくれないの、と、ちょっとだけいじけた気持ちになったっけ。

あれから、みっつの季節を過ごしてきた。四季折々の自然のうつくしさを感じながら、この街で一緒に過ごす時間を大切に思いながら。

これからも、ずっと一緒に過ごしたい。もうすぐやってくる冬も、新しい芽吹きが始まる春も。すがすがしい青空の広がる夏も、そしてまた次の秋も。

辰野君も、おんなじ気持ちでいてくれたらいいな。

私は、忙しくことこと鳴り続けている胸の鼓動を全身で感じながら、辰野君とベンチに並んで座っていた。

私たちのあいだには、こぶしひとつ分くらい、ほんの10㎝の隙間《すきま》があった。彼の体にぴったり寄り添いたい思いと、いやいきなりそれをやっちゃあかんやろ、という自制心とで、息が苦しいほどだった。その結果、わずかに置いた距離だった。

この10㎝を飛び越えたい。けれど、なかなか思い切れない。

たかが10㎝。ほんの10㎝。それなのに、いざとなるとジャンプできないなんて。

「……未来先生のウェブサイトが完成したら、ふたりっきりで話すチャンスは、もうあんまりあらへんかな、と思って……そうなるまえに、聞いてほしかったんです」

夕暮れに染まる街並を遠くに眺めて、辰野君が口を開いた。

……きたっ。

私は、臆病にも首を引っ込めたくなるのを懸命にがまんして、こわばった笑顔を作った。

「私でよかったら……なんでも、は、話して」

あかん。声がうわずってしまう。胸の鼓動は、最高潮に速度を増している。

辰野君は、緊張した面持ちになって、告げた。

「……好きになってしまったみたいなんです。……陽皆さんのこと」

……え？

心臓が止まりそうになった。私は、息をのんで辰野君の横顔を見た。

夕日に染まった横顔が、ふっと、さびしそうに笑った。

「ほんとうは、本人に言いたかったけど……僕、臆病やから」

陽皆さん、めっちゃええ奥さんやし。何度か会ったけど、だんなさんも、めっちゃええだんなさんやし。……告白したらあかん、って、ずっと、がまんしてきたんです。

最初は、陽皆さんの家族と生活に憧《あこが》れてた。ていねいな仕事をする職人のお父さんと、気だてのいいお母さんと、美人の妹さんがいて。

やさしいだんなさんがいて、赤い屋根のすてきな家に住んで……そして、この街で暮らしてる。

いいなあ、と思って。陽皆さんみたいな家庭を築けたらなと。

辰野君は、ぽつりぽつりと語ってくれた。

郷里の金沢《かなざわ》では、お母さんがひとり暮らしをしている。父を早くに亡くして、自分が大学進学のために大阪に出るまで、母と息子、ふたりきりの生活だった。母は小学校の教員で、現役で働いているため、大阪に呼び寄せることはできない。自分が実家に帰るべきなのだろうけど、自分の仕事は大阪にある。進むことも、戻ることもかなわない。

なんとなくもやもやしていたが、大好きなスイーツを食べることで気持ちの切り替えを図ってきた。

そして、「スイート・ホーム」に、この街に出会った。陽皆さんたち一家に、未来先生に出会った。

料理をすることを、心から楽しめるようになった。

それで、じゅうぶんなのかもしれない。

この街に憧れて、陽皆さんのような家庭に憧れても、自分がそれを手に入れることは、このさき一生あり得ない。

そんなふうに思ううちに、ますます陽皆さんに気持ちが傾いた。そして、いつしか恋をしている――と気がついた。

思っても思っても、どうにもならない恋だけど……。

そこまで聞いて、私は、まっすぐに顔を上げた。

夕闇があたりを包み始めていた。遠くの街並が、いっそうきらめいている。その風景をみつめながら、私は言った。

「たとえ告白できへんかて、思いを伝えることはできるんとちがうかな」

たとえば、心をこめて料理を作ることで。

辰野君は、きらめく街並に放っていた視線を私に向けた。驚きに震える瞳が、すぐ近くにあった。

私がもし、もう五歳、若かったら――思わずキスしてしまいそうな距離に彼はいた。

けれど、悲しいことに、私は大人だった。

キスする代わりに、告白する代わりに、彼に申し出たのだった。

私と一緒に、料理、作ってみない？

陽皆ちゃんたち一家を、我が家に招待して。

香田一家と山上夫妻を招待しての、ホームパーティーの前夜。

私は、キッチンを隅々まで掃除した。

ほうきで床をはき、シンクもガスレンジもピカピカに磨いて、包丁を研いだ。洗い立ての真っ白なエプロンを、二枚、出した。

一枚は私。そして、もう一枚は辰野君がつけるのだ。

「明日の料理、どうするの？」

お風呂上がりの母が、キッチンをのぞいた。ちょうどテーブルの上に、ノートを広げたところだった。辰野君と私が、料理作りのウェブサイト「オアシスキッチン便り」を立ち上げるため、打ち合わせを重ねて、さまざまなメニュー、レシピを書き込んできたノート。

辰野君が教室に持ってきたノートを、打ち合わせのとき筆記用具を忘れてしまった私に、「使ってください」と、提供してくれたのだ。以来、サイトに掲載するメニューとレシピは、すべてここに書き込んできた。そして、いまでは私の宝物になった。

「この中から選ぼうと思って。……もうすぐ始まる私のウェブサイトから、とっておきのメニュー」

パーティーを開く名目は、ウェブサイト「オアシスキッチン便り」完成を記念して、ということになっていた。ウェブばかりではなく、そこに登場するほんものの料理を、辰野君を紹介してくれた香田一家に感謝をこめてふるまう――というもの。けれど、ほんとうは、辰野君にシェフになってもらい、陽皆ちゃんへの思いをこめて料理してもらう、というのが、秘密の目的だった。

母は「どれ、見せて」と、テーブルの上にあった老眼鏡をかけた。ノートのページをめくって、興味深そうに見ている。私は、先生にテストをされる生徒の気分になった。

眺めるうちに、母は、ふんわりと微笑を浮かべた。そして、言った。

「なんか、なつかしい」

意外なコメントだった。私は、「何がなつかしいの?」と訊いた。

「お父さんと出会った頃のこと、思い出してね。なんのとりえもない私やったけど、料理だけは誰にも負けへん! って、思いつく限りのメニューとレシピを、こうやってノートに書き出して……」

涙ぐましい努力をしていたのを、父に見られたくなくて、「レシピノート」をこっそり隠していた。それなのに、結婚してから、あっさりみつけられてしまった。父は、しみじみ、うれしそうだったという。

僕、幸せ者やなあ。

ここに書いてある料理、これからずうっと、作ってもらえるんやもんな。

いつか、僕にも、作り方教えてな。

「結局、教えるまえに逝《い》ってしもうた」

母は、ふふっと笑った。

「お母さん、お父さんのこと、ずうっと甘やかしてたからやろ。もっと早よう、一緒に作ろ、って言うたらよかったのに」

私が言うと、「ほんまやねえ」と、ちょっとさびしそうな笑顔になった。

「せやから、あんたはそうしたんやな。一緒に料理作ろう、って、『好きな人』に言ったわけやね」

うん、と私は、すなおにうなずいた。

「彼の好きな人のために、そうしてあげるわけやけどね」

母には、辰野君の気持ちと自分の気持ち、一方通行のふたりの思いについて、包み隠さずに打ち明けていた。

「まったく、損な役回りやな」母は、ため息をついた。

「でもって、ずいぶん、ええ大人になったね」

私はそっと微笑んだ。

好きな人のために、料理を作る。

その喜びを、辰野君に教えられれば、それでいい。


翌日、午後六時きっかりに、我が家の玄関のインターフォンが鳴った。

エプロンを外して、私は玄関へと向かった。ドアを開けると、香田一家、そして山上夫妻の笑顔が並んでいた。

「こんばんは。ウェブサイト完成、おめでとう。今日はお招きありがとうございます」

香田パティシエがあいさつをして、一礼をした。それに合わせて、全員が、きれいに頭を下げる。

「こんなに大勢で押しかけてしもうて、大丈夫?」と、秋子さん。

「とか言いつつ、お母さんがいちばん楽しみにしてたくせに」と、晴日ちゃん。

「未来さん、おひさしぶりです。今日は、僕までついてきてしもうたけど……お招き、うれしかったです」と、昇さん。

陽皆ちゃんは、私の顔をみつめると、微笑んで言った。

「すっごくいいにおいがする。幸せのにおいやね」

ぞろぞろと、にぎやかに、ゲストをリビングへ通した。「ようこそ、いらっしゃいませ」と、とっておきのワンピースに着替えた母が、笑顔で迎える。ウェルカムシャンパンは、ワインクーラーできんと冷やしてある。テーブルの上に並んだグラスに、母がそれを注いでいるあいだに、急いでキッチンへ戻る。

キッチンでは、真っ白なエプロンをつけた辰野君が、ガスレンジにかけた鍋の火加減を調節している。作業テーブルの上には、盛りつけ完了のオードブル皿が並ぶ。

「ゲスト着席しました」私が言うと、

「了解。準備万端です」心地よい緊張感を漂わせて、辰野君が返した。

今日のメニューは、彼と私、ふたりで考えに考え抜いて決めた。秋の味覚をたっぷりと詰め込んだ、フレンチベースの家庭料理。

鴨《かも》のローストとリンゴの赤ワイン煮　サラダ風

ポルチーニ茸《たけ》のスープ

ホタテ貝のポワレ　ブロッコリーピュレとともに
牛ホホ肉の煮込み　根菜のロースト添え
バゲット　ノルマンディー産バター
季節のフルーツ
コーヒー　紅茶　ハーブティー

朝十時に我が家へやってきた辰野君と、一日かけて準備した料理の数々。

重すぎず、軽すぎず、難しすぎず、カジュアルすぎず。心地よい音楽のような、かぐわしく彩りよい花束のような。食べた人が笑顔になり、幸せになれる——そんな料理。


朝いちばんでスーパー「オアシス」へ出向き、食材を選んでおいた。そのひとつひとつを見せながら、どんなふうに食材のよさを引き出すか、ちょっとだけ講義をした。辰野君は、真剣な顔で聴き入っている。私は、くすっと笑って言った。

「緊張しないで。作る人が楽しい気分で作った料理は、食べる人を幸せにするんやから」

辰野君の表情が、ほっとゆるんだ。その調子、と心の中でエールを送る。

料理の手順を説明し、役割分担をする。下ごしらえもぬかりなく、段取りよく進める。

母は、自分は一切手出しをしない、と言っていた。今日のシェフは辰野君やからね、と。

けれど、昼過ぎにキッチンへやってきて、予告もなしに「まかないご飯」を作ってくれた。ホタテの貝柱入りチャーハンと、春雨のスープ、リンゴと干しぶどう入りサラダ。

「うっまい!」ひと口食べて、辰野君が、たまらない、というように叫んだ。実家に帰ると、お母さんが必ずチャーハンを作ってくれると言う。北陸の魚介類が入ったチャーハン。

「今度、作ってみよかな。いつか、母にも食べてもらえるように」

辰野君は言った。母と私は、顔を見合わせて、にっこりと微笑み合った。

そうして、ゲストが到着するぎりぎりまで、辰野君と私は、こつこつと準備を進めた。

おしゃべりをするわけじゃない。BGMが流れているわけでもない。窓から差し込む秋の光。おだやかな空気に満たされたキッチン。

くつくつと鍋の煮える音、トントンとリズミカルな包丁の音。かちゃかちゃとお皿が触れ合う音。それらの音が、ハーモニーとなって、私たちふたりを包み込む。静かな、やさしい、幸せの時間。

「前菜お出しします」私が言う。

「お願いします」と辰野君が応える。

両手にお皿を持って、リビングへ入っていく。テーブルにゲストが着席している。目の前に前菜の皿を、ひとつひとつ、置いていく。皆の顔が、たちまち輝く。

「これ、辰野君が作ったの？」

陽皆ちゃんが驚きを隠せないように尋ねた。私は、うなずいた。

「今日は、彼がシェフやから」

スープ、魚料理、肉料理と、ペースよく進む。その間、辰野君は、一度もゲストの前に姿を現さなかった。その代わり、キッチンで思う存分腕をふるい、ありったけの思いを料理にこめてもらった。

ゲスト各人は、新しい料理の皿がサーブされるたびに、盛りつけや香りをじゅうぶんに楽しんだ。そして、ひと口食べるごとに、「おいしい」「ええお味やわ」「絶妙やね」と、ため息のような感嘆の言葉を口にせずにはいられないようだった。

そして、デザートのタイミングになった。

「デザートは、僕に是非とも担当させて」と、香田パティシエから言われていた。だから、洋梨と巨峰、フルーツだけを準備して、お皿に盛りつけた。

フルーツの皿がテーブルに配られると、香田パティシエは、かたわらに置いていたトートバッグから、ケーキの箱を取り出した。

箱の中からは、焼きたてのアーモンドのフィナンシェが現れた。それを各人のお皿に載せると、ジャムの瓶に入ったオレンジソースをとろりとかけた。さらに、香ばしくローストしたアーモンドスライスを散らす。

アーモンドのフィナンシェ　オレンジソースがけ　季節のフルーツを添えて

「辰野君にも、一緒に食べてもらえるかな」

香田パティシエが、微笑んで言った。私はうなずいて、キッチンへ戻った。

エプロンを外した辰野君がリビングに現れた。全員、いっせいに拍手をした。

香田パティシエ、秋子さん、晴日ちゃん。昇さん、陽皆ちゃん。そして、母。

誰もが、笑顔の花を咲かせている。幸せの料理を演出してくれたシェフに、心からの感謝を、喜びを伝えたい。あたたかい拍手がゲストの気持ちを表していた。

辰野君は照れくさそうに頭をかいている。さあ座って、と私は彼をうながした。

陽皆ちゃんの隣にさりげなく椅子を入れた。緊張の面持ちで席に着いた辰野君は、目の前に用意されたデザートの皿を見るなり、「わっ！　すごい」と声を上げた。

「君の料理がどんなもんかて、それにマッチするように……フィナンシェを焼いてきたんや」

香田パティシエが言った。

「心のこもったすばらしい料理を、おおきに、ありがとう。このデザートは、君と僕のコラボレーションや。君に、いちばんに食べてほしい」

辰野君は、メガネの奥の瞳を震わせて香田パティシエを見た。そして、「いただきます」と、フォークを手に取った。

ひと口、含んで、うつむいた。一瞬、あれ？　と思った。

辰野君。……泣いてるん？

けれど、次の瞬間、ぱっと上げた顔は輝くような笑顔だった。

「おいしい。……最高です！」

そうして、その夜、我が家のテーブルは笑顔の花畑になった。

飲んで、食べて、おしゃべりをして。笑って、くつろいで、にぎやかに。

誰もが幸せになる料理のレシピ。とっておきの隠し味が、辰野君のありったけの思いだったことを知っているのは、母と私、ふたりだけだった。

ありがとう、おいしかったと、なごやかに帰っていく香田パティシエたちを、辰野君と母と私は、門の外まで出て、姿が見えなくなるまで見送った。いつもパティシエがそうしてくれるように。

片付けが終わると、終電ぎりぎりの時間だった。辰野君は、あわただしく帰り支度をし、何度も何度も母に礼を述べた。

母は、「また、いつでもうちのキッチンにお料理しにきてね」と言った。

はい、と辰野君は元気よく応えた。そして、少々はにかんだ笑顔になって、告げた。

「また、料理したいです。これからも、ずっと」

駅まで私が車で送っていくことにした。きらめく街明かりを遠くに眺める坂道を下りながら、助手席の辰野君が言った。

「ありがとう、未来先生。……僕、味わいました。料理する幸せを」

先生と一緒にキッチンに立つ、心あたたまる時間。

テーブルを囲む人々の笑顔を眺める幸せ。

料理だって、スイーツだって、ひとりで食べてもおいしいものはおいしい。けれど、誰かと一緒に作って、そして一緒に食べることができれば、きっと、もっとおいしいんだ。

「これからも、ときどき、一緒に……料理してもいいですか」

ひとり言でも言うように、ぼそっとつぶやきが聞こえた。

お鍋がことことと音を立てるみたいに、にぎやかに、あたたかく、ふたたび胸が鼓動を打ち始めるのを、私は感じていた。

かすかに、ほんのかすかに、冷たい風の中に春の息吹を感じる二月の終わり。

「オアシスキッチン」内の席は、新顔の生徒さんでにぎやかに埋まっていた。

いつものベテラン主婦の皆さんは、今日はお休み。代わりに参加しているのは男性ばかり。

私は、いつも講師を務めている特権で、ただひとりの女子として、講師のアシスタントを買って出た。

「それでは、皆さん。準備はいいですか。まずは、材料をテーブルの上に揃えるところから始めましょう」

ほがらかに語りかける、特別講師。「スイート・ホーム」の香田パティシエだ。

今日は、「オアシスキッチン」のホワイトデー特別企画として、「男子による、女子のためのスイーツ教室」が実現した。

何かやってみないかと提案したのは私だが、立案したのは辰野君だった。

「ホワイトデーに、男子も楽しんでスイーツを作り、女子を喜ばせよう」というアイデアは、なかなかのものだ。「男子にもっと料理とスイーツを楽しんでもらう」という趣旨に、香田パティシエも賛同してくれ、講師役を引き受けてくれた。

色とりどりのエプロンをつけた男性たち。いつも料理は奥さん任せのお父さん。ケーキが大好きな少年。陽皆ちゃんのだんなさん、昇さんもいる。生徒さんたちは、生真面目に、あるいは目を輝かせて、ノートを広げ、香田パティシエの話に聴き入っている。

昇さんの隣に陣取っているのは、辰野君。真っ白なエプロン姿も、なんだか板についてきた。あいかわらず、大好きなケーキを買いに、「スイート・ホーム」にせっせと通っている。そして同じくらい、せっせと私の家にもやってくる。そして、例の照れくさそうな笑顔で、こんなふうに言うのだ。

今度帰省したら、母にホタテの貝柱入りチャーハンを食べさせてあげたい。できれば牛ホホ肉の煮込みも、鴨のローストも、アーモンドのフィナンシェも。

だから、未来先生。これからも、ずっと一緒に、料理をしてもいいですか？

「オアシスキッチン」から漂ってくる、いいにおい。教室の中いっぱいに広がる、笑顔の花畑。

あしたのレシピ、どうしよう……なんて、これからは、悩まなくてもよさそうだ。

とっておきのアイデアを提供してくれる、頼もしい男子がひとり、近頃いつも、私のそばにいてくれるから。

希望のギフト

私の家の玄関の前に、一本のキンモクセイの木が立っている。

さほど大きな木ではない。けれど、私が子供だった頃と比べれば、ずいぶん成長した。ひょろりとしていた若木は、いまではもう、私の背丈くらいになっている。

キンモクセイの木は、この家に引っ越してきたとき、まえに住んでいた家から持ってきたものだ。もともとは、両親が結婚と同時に購入した中古住宅の玄関先に植えられていたもので、秋がくるたびにほろほろと甘い香りを漂わせていた。母いわく、置いていくには忍びなくて、一緒に引っ越してきたんだとか。

私たち家族は、私が生まれた年からずっと、秋になってキンモクセイの花が咲いたら、木の前で記念写真を撮影するのを恒例にしてきた。

腕利きのパティシエのお父さんの趣味は、カメラ。宝物の一眼レフのデジタルカメラに三脚を付けて、しっかりと地面に据える。お母さんとお姉ちゃんと私、三人を、キンモクセイの木の前に並ばせて、こっちこっち、もっと寄って、ほら晴日、お姉ちゃんと手ぇつないで、と、ファインダーをのぞきながら、せわしなく指示をするお父さん。

よっしゃ、ほな、いくで。いまから、十、逆から数えんねんで。せえの。
十、九、八、七……。
赤いランプが、ちかちか、点滅し始める。お父さんは、大急ぎで、私たちのところへ飛んでくる。お母さんの隣に立って、さりげなく肩に手を乗せる。
六、五、四、三、二、一。
――カシャ。

にっこりやさしい笑顔だったり、破顔一笑、って感じで、めちゃくちゃ楽しそうに笑っていたり。家族の笑顔のポートレートを、毎年、一枚ずつ、撮り続けてきた。

そうして、十年まえのある日。

ついに、家族の肖像に、ひとりの「新入り」が加わった。

彼の名前は、山上昇さん。お姉ちゃんの、だんなさんになった人。やさしくて、かっこよくって、さわやかな笑顔で、大阪の商社に勤めるエリートで……。引っ込み思案なお姉ちゃんが、いったい、どんなふうにして彼を振り向かせたのか、ほんとうに謎。

だけど、私は、わかっていた。

お姉ちゃんは、実は、一度決断すると速い。やると決めたらとことんやる人なんだ、ってこと。

そして、昇さんは、そういうお姉ちゃんの性質を、ちゃんと見抜いていたと思う。そして、お姉ちゃんのいいところ、めっちゃかわいいところを、きちんと見てくれていたんだと思う。

結婚式の朝、私たちは五人揃って、キンモクセイの前で記念撮影をした。

アルバムの中、幸せそうなお姉ちゃんと昇さん。お父さんとお母さんも、うれしそう。

で、私はというと――。

なんとなく、複雑な笑顔。なぜって、あーあ、さきを越された！　って、ちょっとだけ悔しい気持ちがあったから。

言っちゃなんだけど、小学生の頃から、お姉ちゃんよりも自分のほうがモテる！　って、いい気になっていた。

逆に、お姉ちゃんは、ずーっとひとりの人に片思いしたり、ちょっとおつきあいしても、どうしたらいいかわからなかったのか、彼のほうからさよならを言われちゃったり……。

そんなお姉ちゃんだったけど、結局、私よりもさきに「運命の人」に出会って、とうとう結婚した。

うらやましいなあ、っていう気持ちでいっぱいだった。

そして、さびしい気持ちもいっぱいだった。

お姉ちゃんを頼みます、昇さん。

きっと、きっと、幸せにしてあげてくださいね。

もしも、お姉ちゃんを泣かせたら、絶対に許さへんから。

と、うれしさとさびしさとで複雑な笑顔の私。

そして、五年まえの撮影会に、真打登場。ちっちゃな、ちっちゃな、かわいい赤ちゃん。

お姉ちゃんの腕に抱かれて、みんなの真ん中、いちばん前に陣取った。

昇さんとお姉ちゃんの娘。お父さんとお母さんの初孫。私の姪《めい》っ子。

名前は、山上さくら。

四年まえ、指をしゃぶってるさくらちゃん。

三年まえ、テディベアを抱っこしたさくらちゃん。

二年まえ、千歳飴《ちとせあめ》をぶら提げたさくらちゃん。

去年は、おしゃまなポニーテールのさくらちゃん。

さくらが生まれてから、恒例の撮影会は大にぎわいになった。

香田家のアルバムのページをめくれば、あのときはああだったなあ、こうだったなあ、とひとりで思い出し笑い。

けれど、私の隣に立つべき「運命の人」は、まだいない。

ひょっとして、いや、きっと、もうすぐ――あの人が、立ってくれるかも。

そんなふうに思って、こっそりにやけてしまう私。

香田家のアルバム。三十二ページ目の写真の登場人物は、いったい、どんなふうになるのだろう。


九月下旬、まだまだ夏の暑さが残る午前中。

それでも、五ケ池《ごかいけ》を吹き渡ってくる風は、頬に心地よい。

「そろそろ休憩しよかあ」

テニスコートのネットの向こうで、真《しん》君が大きな声で言った。

私は、テニスラケットを振り上げて、「うん、ええよー」と応える。

西宮市にある甲山《かぶとやま》の中腹、会員制のテニスクラブで、真君と私は、週末恒例のプレーを楽しんでいた。

私の彼、明野《あけの》真君。甲山を背景にしたうつくしいキャンパスで有名な関西《かんせい》学院大学、社会学部で講師を務めている。このテニスクラブで知り合って、一年まえからおつきあいを始めた。

真君は、いままでのボーイフレンドとは全然違うタイプの男性だった。

もちろん、やさしくて、いい人なんだけれど、なんというか、「我が道をゆく」タイプ。いままでの彼は、私に対して、あれこれうるさいほど気を遣い、同時に干渉してくる人が多かったけど、真君は違う。私に対する気遣いはさらっとしていて、干渉は一切しない。余計なことは言わないが、言うべきことはちゃんと言ってくれる。そういう人だ。

そして、なんでもかんでも私に合わせてくれる、というわけじゃなく、君は君、僕は僕、というふうに、お互いの「個」を大切にする。

仕事熱心で、体を動かすのが好きで、食べるのが好きで、スイーツも好きで。

何をするにも、一本筋が通っている。

こういう人、いいなあ。……結婚相手に。

と、思い始めたのが、半年ほどまえのこと。

私の職場は西宮北口にあるし、真君の大学は阪急今津《いまづ》線の甲東園《こうとうえん》にあって、毎日会おうと思えば会える距離だったが、週末に一緒に甲山のテニスクラブへ出かけて、思いっきり汗を流して、宝塚や夙川《しゅくがわ》、芦屋なんかで食事をするのが、ここのところの定番になっていた。

ほんとうのことを言えば、もう少し密に会いたいなあ、という気持ちだったけど、お互いに自分の時間を大切にする、というのも、真君らしくていいな、とも思っていた。

こういう人とだったら、きっとすてきな家庭を築けるだろうな、と思い描いていたが、真君のほうは、どう考えているのかわからない。

いつプロポーズされるかな、今日かな、明日かな……と待ち続けているのだが、いっこうにその気配なし。

ああ、なんだかはらはらする。

お姉ちゃんもこんな感じだったのかな。どっちからプロポーズしたのかな。当然、昇さんだよね。いや、意外とお姉ちゃんのほうからかも……。

一度訊いてみようかな、とも思ったけど、なんだか照れくさい。

そんなこんなで、らしくなく、もじもじしているうちに、半年が経《た》ってしまった。

「今日は、けっこう打ち込んだよね」

ラケットを小脇に抱えてクラブハウスへ引きあげながら、私が言うと、

「ほんまやな。僕、ゆうべは学生たちと西宮北口でけっこう遅くまで飲んだのに、なんや妙に元気あるなあ」

真君が、タオルで顔をぬぐって言う。

私と一緒にいてるからやろ、と、ちょっとくすぐってやりたかったが、ぐっとがまん。そういうことを言うと照れてしまうタイプなのだ、彼は。

少し前を歩く彼の背中。真っ白なポロシャツが、汗で張りついている。だけど不思議な清潔感がある。

広い背中をずっとみつめていたいような、追いかけていって、日焼けした腕に腕を絡ませたいような……。

と、そのとき。

「あらあ、真君、はるちゃん。なんや、もうおしまい？」

クラブハウスから真っ白なミニスカートで飛び出してきた、熟年女性。私たちの姿を見ると、駆け寄ってきた。

「いっこおばちゃん、来るの遅いやん。私ら、朝九時からプレーして、もうくたくたやわ」

私は、これはまたコートに連れ戻されるかも、と思いつつ、予防線を張る。

いっこおばちゃんこと、池田郁子《いけだいくこ》、六十七歳。お母さんの一歳下の妹。お姉ちゃんと私の大好きなおばちゃんだ。

「なんやの、若いくせに。もう三十分、ボレーやらへん？　十分でもええわ。なあ、真君、お相手してくれへん？」

そう言って、いっこおばちゃんは、真君の腕に堂々と腕を絡ませた。真君は苦笑して、

「そうですね。じゃあ、十分だけ」

「よっしゃ！　それでこそ男の子や。行こ、行こ」

おばちゃんは、そのまま真君の腕を引っ張って、コートのほうへと連れ戻そうとしている。

「真君、どういうこと？　もうすぐランチの時間やのに」

ちょっとふくれて言うと、すかさずおばちゃんが応える。

「ええから、ええから。はるちゃん、さき食べてて。あ、今日のランチセットはク

ラブハウス特製のパスタらしいで。『きのことリングイネのトマトクリーム』やて!」

ぐいぐいと私の彼の腕を引っ張って、連行してしまった。

ふたりの姿を見送って、あーあもう、しょうがないな、と笑うしかない。

ひまわりみたいに明るくて、おもしろくって、あはは、と大声で笑う。いつでも元気いっぱいな、私のおばちゃん。

この春、私たち家族に新しく加わった。

いっこおばちゃんは、三月末、我が家へ引っ越してきて、両親と私とともに同居を始めた。

三十歳のときに結婚して、郷里の丹波篠山《たんばささやま》を離れたおばちゃんは、四十歳のときにだんなさんの転勤に伴って函館《はこだて》に移り住んだ。

子供がいなかったおばちゃん夫婦は、お姉ちゃんと私を実の娘のようにかわいがってくれた。夏休みにお母さんに連れられて私たち姉妹が遊びにいけば、それはもう喜んで、公園や、温泉や、あちこちへ連れ出してくれた。私たちの家にもたびたび遊びにきてくれて、梅田や神戸へ出かけては、ショッピングしたり、映画館や美術館を訪れたりして楽しんだ。

おじちゃんが退職してからは、夫婦で仲良くサークル活動や、テニスやウォーキングと、びっくりするほど活発に暮らしていて、とても充実しているようだった。

我が家の両親も仲が良くて、娘が言うのもなんだが、理想の夫婦ってこんな感じ？と思っていたけど、いっこおばちゃん夫婦も、なかなかどうして、両親に負けないくらいすてきなカップルだった。

そんないっこおばちゃんに、大きな転機が訪れた。

三年まえ、おじちゃんが、急病で帰らぬ人となってしまったのだ。

突然の訃報《ふほう》に私たちも驚いたが、もちろん、いちばん衝撃を受けたのは、おばちゃんだったはずだ。

それなのに、函館まで駆けつけた私たちや弔問客《ちょうもんきゃく》に対して、おばちゃんは気丈に振る舞い、涙ひとつ見せずに、しゃんと背筋を伸ばし、告別式が終わるまで、しっかりと喪主を務めていた。

私たちが帰るときも、ほんまに来てくれてありがとうね、と笑顔を見せていた。目にいっぱい涙をためていたけれど。

それから、私は、しょっちゅうおばちゃんにメールした。

『お父さんの新作ケーキの写真を送ります』とか、『お姉ちゃんとさくらと一緒に、お花見中！』とか、写真付きのメールを、いっぱい。

なんてことない内容だったけど、おばちゃんは喜んでくれて、すぐに返事がきた。『私もそのケーキ食べたいわ』とか、『おばちゃんも一緒にお花見気分やで！』とか。

真君とおつきあいを始めた頃、『彼氏ができました。テニスコートの恋です』ってメールを送ったときは、とてもうれしそうだった。メールじゃなくて、すぐに電話がかかってきたんだもの。『今度そっちに遊びにいったら、絶対紹介してな。一緒にテニスしような』って。

去年のクリスマス、お母さんとお姉ちゃんとさくら、そして私の四人で、宝塚のホテルのカフェで「クリスマス女子会」をした。きらきら輝くイルミネーションとともに、四人そろって『おばちゃ～ん、メリークリスマス！』と手を振る動画を、その場からメールした。五分後に、返信がきた。

『メリークリスマス！　楽しそうやね。私も、すぐに飛んでいきたい。女子会に入れてほしいなあ』

そのメールをじっと見て、お母さんが、ぽつりと言った。

――いっこも一緒にいたら、きっと、もっと楽しいやろね。

そのつぶやきを聞いた私は、少しまえから思っていたことを、思い切って口にしてみた。

——ねえ、お母さん。おばちゃん、こっちに引っ越してきたらどうかな。

みんな、いっこおばちゃんが大好きなんやもん。

こっちで一緒に暮らしたほうが、おばちゃんも、私たちも、誰もお互いに心配せんと、ハッピーになれるんとちゃうかな？

お母さんは、私の申し出に驚いたようだった。

そして——実は自分もそう思っていた、そしてお父さんにも相談していた、だけど晴日が賛成してくれるかどうか思案していて、なかなか言い出せなかった——と打ち明けた。

私たちは、皆でよくよく考えた。

どうすることが、自分たちにも、おばちゃんにも、ベストなのかを。

そうして、全員一致で結論。

いっこおばちゃん、一緒に暮らそう。

という件名の、長いメールをつづった。そのお役目は、私が仰せつかった。お母さんいわく、自分から誘えばなんとなく押し付けがましくなる。かと言って、お父さんが提案したら、おばちゃんはかえって恐縮してしまうだろう。

つまり、適任者は、はるちゃんやで。

と、いうことになったのだ。

私は、一生懸命、メールの内容を考えた。

あれこれ考えて、打っては削除、また打っては削除、なかなか進まない。ついには、ノートに下書きをしてみた。まったく、メールをひとつ打つのに、こんなに考え込んだことはない。……真君にだって、こんなに考え抜いてメールしたことないのに。

だけど、私は、いっこおばちゃんに、なんの気兼ねもなく、うちに来てほしかった。

遠慮をしたり、恐縮したり、逆に突っ張っちゃったり、強がりを言って固辞したり……そんなふうにはしてほしくなかった。

ほんとうのほんとうに、私たちみんなが、いっこおばちゃんを大好きだということ。

そして、心から、いっこおばちゃんを家族の一員として迎えたい、と思っていること。

その気持ちを、すなおに、まっすぐ、伝えたかった。

そんなわけで、メールの内容をあれこれこねくり回した結果――。


おばちゃんさえよければ、私たち、いっこおばちゃんと一緒に暮らしたいと思っています。

だって、それがいちばん、全員にとって安心できるし、幸せになれると思うから。

そしておばちゃんの部屋は、実はもう準備してあります。

お姉ちゃんの部屋。お姉ちゃんが嫁いでいったときのまま残してあったけど、おばちゃんからOKの返事をもらったら、みんなで片付けよう、と決めました。

すぐじゃなくてもいい。だけど、お返事を待っています。

お父さんも、お母さんも、お姉ちゃんも、昇さんも、さくらも……そして誰よりいちばん、私も。おばちゃんのお返事を、どきどきしながら、待っています。

そして——。

おばちゃんからの返事は、十五分後に届いた。

たった、ひと言だけ。

はい！　できるだけ早く、お嫁入りしたいです！

私は、思わず笑みをこぼした。

そして、やったあ、お母さん、お父さん、いっこおばちゃんがうちにお嫁入りや！　と、大はしゃぎで、メールが届いたばかりのスマートフォンを持って、両親のところへ飛んでいった。

我が家の玄関前のキンモクセイがほろほろと散り落ちて、街路樹の葉も少しずつ黄色くなり始めた秋、日曜日の午後。

チリンチリン、とドアベルを鳴らして、「スイート・ホーム」の店内に入ってきたのは、工藤さん。腕には愛犬のミニチュアダックス、チョビちゃんを抱っこしている。

「いらっしゃいませ、工藤さん。おお、チョビちゃん、元気～？　お目目ウルウルやないの、いっつもかわいいなあ」

楽しげに声をかけたのは、日曜日にはいまもときどきお店を手伝っている私――ではなく、いっこおばちゃん。

その日は、お母さんがお姉ちゃんのところへさくらの面倒をみにいっていたので、おばちゃんと私、ふたりで店頭に立っていた。

この家に居候《いそうろう》しているからには、私も何か役に立ちたいねん、と、おばちゃんは店番を買って出てくれた。もちろん、家族のための食事づくりや掃除洗濯など、どんどん家事も手伝ってくれて、お母さんはそれでじゅうぶん助かっているようだったが、もともと活発なおばちゃんのこと、時間が無駄に空いてるのはいやや、とばかりに、お店を手伝わせてほしい、と申し出てくれたのだ。

とはいえ、おばちゃんは、私と一緒に甲山のテニスクラブに入会したし、街中を毎朝ウォーキングしてるし、月に一度は「オアシスキッチン」で料理を習ってるし、丘の上の公園近くにあるお姉ちゃんの家へも二日に一度は出かけていって、さくらの面倒をみてるし……。はたから見ても、全然、時間が無駄に空いてるって感じはしないんだけど。

それでも、家族の役に立ちたいと心から思ってくれているのだからと、お父さんは、週に三日ほどおばちゃんに店番を頼むことにした。

もともと、函館市内の赤レンガ倉庫のお菓子売り場でパート勤務をしていた経験のあるおばちゃんは、ていねいな接客がすばらしく、スイーツの知識——特長とか味とか由来とか——もすぐに覚えて、お客様に説明するのも完璧。まったく、長年「スイート・ホームの看板娘」を張っていたお母さんも顔負けという感じだった。

常連客とはすぐになじみ、旧知の友人同士のように楽しげに会話する。ウォーキングで町内の人と行き違えば「秋の新作を並べてお待ちしてます」と、絶妙なプロモーション。

「いっこさんに言われたら、なんや食べてみたくなるねんわ」と、やってくるお客様も少なくない。

工藤さんは、お店のオープン当初からの常連客のひとりだが、最近では、いっこおばちゃんと犬の仲良し。ふたりで一緒に、チョビちゃんを連れて、プロムナードをウォーキングしたり、「オアシス」のテラスで、サンドイッチを買ってランチをしたり。ほんとうに楽しそうなのだ。

「あら、恒例の家族写真、できたんやね。今年は『新入り』も一緒やねんな」

工藤さんが、レジ近くの壁にフレームに入れて飾ってある、毎年恒例の「キンモクセイの前の家族写真」をみつけて、そう言った。

いっこおばちゃんは、ふふふ、と笑って、

「そうやねん。毎年、家族写真を見せてもろてたんやけど、そこに自分が加わることになって、なんや緊張したわ」

ちょっとうれしそうだ。

「あら、なんやろ、いっこさん、いつもと違う感じやわ。髪も、きれいにセットしてるし、お化粧の感じも若々しいし……」

工藤さんが写真のフレームに顔を近づけて言った。おばちゃんの隣に立っていた私は、すかさず、

「だって、髪形はお姉ちゃん、メイクは私が担当したんですよ」

と舞台裏をバラした。

「わっ、いややわ、はるちゃん、それは言わへん約束やろ」

おばちゃんが赤くなって言った。工藤さんは、くすくす笑って、

「そうか、どうりで若々しい思たわ。ええやないの、きれいに撮れてるし」

「まあ、僕のカメラの腕が確かやからね」

白いパティシエ帽を被ったお父さんが、厨房からひょっこりと出てきて口を挟んだ。

「そうそう、パティシエの腕がええからね。腕がええのはスイーツ作りばっかりやあらへんのよ。写真かて、三割増美人に撮れるねんよ」

おばちゃんが言うので、

「うわっ、もう。三割増って、自分で言うかなあ」

と、突っ込んでみた。

「ええやないの、うるさいぞ、はるちゃん」

「私のメイク技が三割増にしてあげたんやもん」

「そうそう、その通りや。あんたのメイク技が三割、陽皆ちゃんのヘアセット技が三割、パティシエのカメラ技が三割……」

「ほな、合計九割増の美人度アップやん」

工藤さんがうまくまとめた。全員、あはは、と声を合わせて笑った。

こんな具合で、おばちゃんが来てから、我が家はいっそう笑顔が絶えないのだった。

十二月上旬のとある週末。

すっかり葉の落ちた街路樹の下を、いっこおばちゃんと一緒に、にぎやかにおしゃべりしながら歩いていく。

目的地はお姉ちゃんの家。赤い屋根が実家にそっくりのかわいい家だ。おばちゃんは、うきうきとインターフォンを押す。ここへは何度来ても、いつも初めてみたいにわくわくするのだそうだ。だって、かわいいかわいい「孫」のさくらに会えるから。

はーい、とインターフォン越しにお姉ちゃんの声が聞こえると、おばちゃんは、一オクターブ高い声で呼びかける。

「こんにちはあ、いっこばあばだよ~。さくらちゃん、いてるかな~?」

ドアを開けると、玄関先に、お姉ちゃんとさくらが待ち構えている。さくらは、「いっこばあば!」と叫んで、早速おばちゃんに思いっきり飛びつく。これが、恒例。

「ああ、さくらちゃんに会えた。いっこばあばは、この瞬間が待ち遠しくってなあ」

おばちゃんは、さくらを抱き上げて、いとおしそうに頬ずりをする。さくらは、「くすぐったあい」と、声を上げて笑う。お姉ちゃんと私は、思わず顔を見合わせて、ついつい、ふふっと微笑んでしまう。

おばちゃんは、お母さんと一緒に、あるときはひとりで、ときどき私と一緒に、お姉ちゃんの家へ行って、さくらに会うのを何より楽しみにしている。その日は、さくらちゃんへのクリスマスプレゼントは何がいいか、偵察にいかへん？　と、私を誘って山上家を訪問したのだった。

「な、さくらちゃん、いい子にしとった？　もうすぐサンタさん来てくれはるで、プレゼントもう考えた？　いっこばあばにだけ、教えてくれる？」

リビングのソファに腰掛けると、膝に抱き上げたさくらの耳もとで、おばちゃんが囁いた。

さくらは、「えーとね、えーとね……」と、もじもじしている。

向かい側に座った昇さんが、

「さくら、いっこばあばに、ないしょないしょで教えてあげなあかんで」

ひそひそ声でそう言うと、さくらは、うん、とうなずいて、おばちゃんの耳もとに口を寄せ、ひそひそ、ごにょごにょ、何か言っている。

「うん、うん。そうか、わかった、わかった」

おばちゃんは、まるで自分がサンタクロースにプレゼントをもらうかのような笑顔になって、何度もうなずいている。

「ほんまに、さくらはラッキーやなあ。近くに大人が一、二、三、四、五……六人もいてるし。めっちゃプレゼントが集まるぞ、これは」

昇さんが楽しそうに言うと、紅茶のカップをトレイに載せて運んできたお姉ちゃんが、

「あら、プレゼントはサンタさんがひとりで持ってくるんでしょ？」

ちょっと意地悪な口調になって言う。

「サンタさんの袋にプレゼントを詰める、アシスタントが六人、ってことやろ？」

私が切り返すと、

「ええこと言うな、はるちゃん。その通りや」

おばちゃんが、笑ってあいづちを打った。

冬のやわらかな光が差し込む南向きのリビングで、最近「スイート・ホーム」で大ブレイク中の新定番スイーツ、抹茶ガトーショコラと紅茶をいただきながら、みんなで談笑するひととき。

すてきだなあ、と、ふと思う。

お姉ちゃんの家には、こんなふうに、いつもあたたかなひだまりがある。

ひだまりのような、笑顔がある。

この家も、窓から海が見える風景も、さりげないインテリアも、全部すてきだと思う。

だけど、何よりいちばんすてきなのは、みんなが自然に笑顔になる、そういう暮らしをしていること。

いつか、私も、こんな家庭を作りたい。

この笑顔の輪の中に、あの人にもいてほしい。

……って私が思っていること、真君、わかってくれてるのかなあ。

おつきあいが始まって一年とちょっと。彼の口から、なかなか「結婚」のひと言が出てこないことを、じれったく思い始めている私。

やっぱり、お姉ちゃんに相談しようかな。

いや、それともお母さん？　いやいや、ここはいっこおばちゃんに言うべきかも。

なんといっても、おばちゃんは、テニスコートで真君相手に、堂々ラリーができるくらいなんだから。彼がどういうキャラクターなのか、きっともう分析済みなはず。

そうだ、おばちゃんにだけ、こっそり相談してみよう。

プロポーズ、いつまでも待っていたほうがいい？

それとも、思い切ってこっちから、言い出してみるのもありかな？

そんなことを考えながら、バイバイ、と山上一家とお別れして、おばちゃんと私は、ゆるやかな坂道を我が家に向かってゆっくりと歩いていった。

お姉ちゃんの家からうちまで歩くと、徒歩二十分くらい。車で行ってもいいのだけれど、それだと一瞬で着いてしまう。運動好きのおばちゃんと、週に一度はテニスをするものの、ふだんは少々運動不足の私は、徒歩でお姉ちゃん宅へ出かけるように心がけている。

もうすっかり日が暮れた帰り道、坂道を下っていくと、遠くに街の灯がちらちら揺れているのが見える。クリスタルのビーズをちりばめたような輝きを眺めて、なんだか吸い込まれそうになる。冬にはきんと空気が澄んで、夜景がことさらうつくしく見える。

私は、いっこおばちゃんと並んで坂道を下りながら、真君のこと、ちょっと話してみようかな、とタイミングを見計らっていた。

と、そのとき、おばちゃんが急に立ち止まって、あーあ、と夜空を仰いで白い息を吐いた。

「あかん、あかん。色々、思い出して、ちょこっとセンチメンタルになってしまうなあ。こんなふうに夜景を眺めてると」

私も立ち止まって、おばちゃんの横顔を見た。

街灯に照らし出されているおばちゃんの顔には、ほんのりとさびしそうな笑みが広がっていた。

「……思い出すって？」

私が訊くと、

「うん。色々とね。ふるさとの街のことを」

——ふるさと？

「おばちゃんのふるさとっていうのは、お母さんと同じ……丹波篠山？」

あたりまえな質問をすると、おばちゃんは、くすっと笑って、もうひとつ、白い息を吐いた。

「ほんまやね。確かに、私のふるさとは丹波篠山よ。だけど、やっぱり……もうひとつのふるさとは、函館。亡くなったあの人と、一緒に暮らした街」

そう言って、おばちゃんは、なつかしそうなまなざしを遠くの夜景に投げた。

おじちゃんとおばちゃんが暮らしていたのは、函館の中心部。坂道があちこちにあって、こんなふうに――いや、もうちょっと近くに、港と、その向こうに広がる海と空が眺められる場所。夜になれば、宝石箱をひっくり返したような夜景がきらめく。

十二月には、街路樹にイルミネーションが灯って、寒い寒い北国の冬に彩りを添える。お姉ちゃんも、私も、学生時代、冬休みに遊びにいったときは、セーターやコートをうんと着込んで、イルミネーションを見に出かけたっけ。

「この坂道にはイルミネーションはあらへんけど、なんだか思い出してしまうねん、あの頃のこと。陽皆ちゃんもあんたも、まだ大学生とか高校生やったかなあ。ロマンチックやわあ、彼氏と来たらもっとええなあ、なんて、生意気なこと言うてたな」

「え、お姉ちゃん、そんなこと言うてたっけ?」

とぼけて言うと、

「なに言うてんねん。あんたが、やろ」

と、おばちゃんが私の肩をつついて笑った。

「あの頃から、もう十年以上経ったんやなあ。……ほんまに、色々あったなあ。陽皆ちゃんも、はるちゃんも、大人になって。さくらちゃんも生まれて。……うちの人は、ひとりで遠くへ行ってしもたけど。……私は、こうして、ここへ来させてもろて、ほんまに、感謝してもしきれへんわ」

おばちゃんは、しみじみとした声で言った。その声は、ずっと遠くから聞こえてくる汽笛のように、私の胸に響いた。

「せやけどな。……せやけど、私、なんや、ときどき切なくなるねん。胸がきゅうっとしてしまうねん。ふるさとの街のことを、思い出すとね」

正直に言って、おばちゃんは、ふふっと笑った。

「がらにもないな。……切なくなる、なんて言うたりして」

私は、黙って、首を横に振った。

――わかってた。

私、知ってたよ、いっこおばちゃん。

おばちゃんが、ときどき、ふっと、さびしそうな表情をすることがあるって。

ひょっとすると、おばちゃんは、ふるさとのあれこれを思い出して切なくなるのがいやで、心に隙間を作りたくなくて、忙しくしているのかもしれない。

一生懸命、自分の時間を、いろんなことで埋め尽くそうとしているのかもしれない。

そう気がついて、その瞬間、なんだか泣きたい気分になった。

おばちゃんは、あーあ、ともうひとつ、伸びをして、

「ふるさとは、遠きにありて思うもの——かあ。ほんまやね。そのくらいの距離感が、きっとええんやろな。さ、冷えるし、早よう行こ」

私の背中を、ぽん、と叩《たた》いて歩き出した。

前を行くほっそりとやせた背中をみつめながら、私は、心の中で呼びかけた。

——おばちゃん。

おばちゃんの新しいふるさとは、この街だよ。

いつか、そんなふうに思ってくれる日がきますように——。

この声が、届くかな。届くといいな。

そんなふうに、願っていた。

毎朝ウォーキングをしているせいか、おばちゃんは歩くのが速い。下り坂で、おばちゃんと私の距離が、どんどん開いていく。

まさか、ほんとうに、おばちゃんと私たち家族のあいだの距離が広がってしまうなんて。

このときは、そんなこと、ちっとも想像しなかった。

プロムナードの新緑が、日に日に萌《も》えいでて、目にもまぶしく映る五月。前夜まで降っていた雨がすっかり上がり、絵に描いたような五月晴れの空が高台の上に広がっていた。

「さあて、準備万端や。ほな、いってきまあす」

ベージュの帽子に紺色のポロシャツ、白いパンツを軽快に着込んで、真っ赤なキャリーケースを携えたいっこおばちゃん。

「スイート・ホーム」の店先には、パティシエ帽を被ったお父さん、お母さん、お姉ちゃん、お姉ちゃんと手をつないださくら、そして私が、ずらりと並んでお見送り。

おばちゃんは、工藤さんやほかの友人たちと、三泊四日で九州を巡る旅行に出かけるところだ。

この街へ引っ越してきて一年。初めての旅行で、おばちゃんは、二、三日まえからそわそわしっぱなし。雨降ったらいややなあ、てるてる坊主出しとこか、と、お天気模様を気にして、窓を開けたり、閉めたり、テレビの天気予報に釘《くぎ》づけになったり。そばにいるお父さんもお母さんも、私までもが、なんだかそわそわして落ち着かない数日間を過ごした。

そして、見事、あっぱれなほどの晴天となって、おばちゃんは、このお日さまは私が呼び出したんやで！　って感じで、見るからにうれしそう。

「さくらちゃん、おみやげいーっぱい買うてくるから、待っててね」

さくらをぎゅうっとハグして、おばちゃんが言うと、

「うん、待ってる。早よ帰ってきてね」

と、さくらが応える。

「いやーん、さくらちゃんがそない言うたら、いっこばあば、行かれへんようになってしまうやないの」

うれしいの半分、困るの半分、おばちゃんは、ますますぎゅうっと愛しの「孫」を抱きしめる。

「ほらほら、いっこ、ええかげん行かなあかんやろ。工藤さんたち、待ってはるのに……」

お母さんがあきれて言うと、

「わかってますって。ほな、もういっぺん、いってきまあす」

元気よく手を振って、街路樹の向こうへと、足取りも軽く出かけていった。

「大丈夫かなあ。あの人、旅先で、なんやいっつもうっかりしてるから……」

おばちゃんの姿が見えなくなってから、お母さんがつぶやいた。

「そういえば、おばちゃんが函館にいる頃に、道東へみんなで旅行したとき、大変やったね」

お姉ちゃんが、思い出したように言った。そうそう、とお父さんがあいづちを打って、

「釧路《くしろ》から網走《あばしり》へレンタカーで移動したあとで、ホテルにあの赤いキャリーケースを置いてきてしもうたこと、思い出して……」

と、くすくす笑った。

そう、あのときは大変だった。おばちゃんは、キャリーケースをトイレに置き忘れたのに、とっくに車のトランクに積んだものと思い込んで、出発してしまったのだ。皆、あきれるのを通り越して、大笑いした。

そのほかにも、おばちゃんが旅先で遭遇したちょっとしたアクシデントや忘れ物は、数え切れないほどある。どれも大事に到らず、のちのちの笑い話となったが、お母さんの心配も無理のないことだ。

お母さんとおばちゃんは、ほんとうに仲良し姉妹で、お母さんはおばちゃんのことを「いつまで経っても世話の焼ける小さな妹」扱いしている。お姉ちゃんは、そんなお母さんの態度を見て、「わかる、わかる」と妙に共感。「私にとっても、はるちゃんは、いつまで経っても世話が焼ける妹やもん」と。

お姉ちゃんは、かつての引っ込み思案はどこへやら、ほんとうにしっかりしたすてきな女性なのだ。まったくもう、お姉ちゃんにはかなわへんわ、と悔しいような、頼もしいような。

そんなお姉ちゃんに、こっそりと、真君がなかなかプロポーズしてくれへん、どうしたらええの？　と相談した。

お姉ちゃんは、「大丈夫、大丈夫。もうすぐやって」と、かなり楽観。

「なんでわかるん？」と訊くと、

「だって、自分の通ってきた道やもん」あっさり応える。

「結婚って、お互いの人生にかかわるめっちゃ大切なことやし。真君、きちんと考えてはるんやわ。あとはタイミングの問題やと、私は思うよ。ゆっくり、じっくり、いい関係を築いていったほうがええんとちゃう？」

と、今度はかなり達観。

そういうものかなあ、と私は、なんともじりじりとした思いだった。

週末のテニスクラブや、ランチや夕食や、郊外へ遊びにいくとき、どんなときでも、私は、もうせいいっぱいに、真君からの「ひと言」を受け止めようと待ち構えている。だけど彼は、いつまで経ってもマイペース。

「でも、そこが好きなんでしょ」

お姉ちゃんはお見通しで、痛いところを突いてくる。

まあ、ほんとうに、そうなんだけど。

さりげなく一緒にいて、なにげない時間を過ごして、ただ、それだけでいい、って思っている自分がいるのも事実。

いざ結婚、ってなったら、ひょっとすると、いやちょっと待って、もう少しこのままでいようよ……なんて、あまのじゃくな自分がひょっこり顔を出してしまいそうな気がしないでもない。

だから、いいんだ。いまは、このままで。

お姉ちゃんが言った通り、ゆっくり、じっくり、いい関係を築いていこう。

――とまあ、私もお姉ちゃんにならって、多少達観する気持ちになっていたわけだけれど。

いっこおばちゃんが九州周遊の旅行に出かけた翌日、私は、宝塚のホテルのフレンチレストランで、真君とランチを楽しんでいた。

このレストラン、かつてお父さんがパティシエを務めていたこともあって、私たち家族にはお馴染みのお店。甲山のテニスクラブの帰りに、よく真君とも立ち寄っていた。

だから、その日も、いつも通り、午前中はテニスで汗を流して、遅めのランチをしに「ちょっと寄っていこうか」ということになり、ふたりでテーブルに着いた。

真君は、やっぱりいつも通り、清々しい笑顔で、その週にあった大学でのできごとについて、あれこれ話してくれていたのだが――。

デザートの段になって、思いがけないサプライズがあった。

サービススタッフが運んできたデザートのお皿を見て、私は、目を丸くした。

お皿に載せられていたのは、小さな「クロカンブッシュ」だったのだ。

小振りのシュークリームを山型に重ねて、飴で固めたスイーツ。ときどき、「スイート・ホーム」にも依頼がきて、お父さんが特別に作っているから、よく知っている。

そう――これは、フランスのウェディング・ケーキ……！

テーブルの真ん中に、クロカンブッシュが置かれた。きらきら、飴のコーティングが輝いている。コホン、と小さく咳払いをして、真君が言った。

「ええと、これは、お試しで作ってもろたものです。本番では、もちろん、君のお父さんに作ってもらいたいと思てます。……ええかな?」

それから、まぶしそうな瞳を私に向けた。

私は、驚きのあまり声も出なかった。その代わり、涙と微笑みが、いっぺんにこみ上げてきた。

そして、黙ったままで、こくん、とひとつうなずいた。


ずっと待ちかねていた、真君からのプロポーズを受けた日の夜。

駅前から、バスに乗る。家の近くのバス停で下車すると、思わずスキップしそうになるのをぐっとこらえて、玄関の鍵を開ける。

「ただいまあ」

歌い出したいような気分で声をかける。と、パタパタとスリッパの音を響かせて、お母さんが玄関へ出てきた。私は、にやけてしまいそうになるのをがまんして言った。

「遅くなってごめんね。真君と、ずっと話し込んじゃって……」

と、お母さんの顔を見て、驚いた。

その顔からは、すっかり血の気が引いていた。何かよからぬことが起こったのだと、私は瞬時にわかってしまった。

「どうしたの？　お母さん、何か……」

私が訊きかけると、お母さんは、あわてて応えた。

「ごめんな、はるちゃん。私、すぐ、福岡へ行かなあかんねん。いっこが……いっこおばちゃんがな……」

道端でつまずき、転倒して意識を失い、福岡市内にある病院に救急車で運ばれた——との連絡が、ついさっき、旅行に同行した工藤さんから入ったとのことだった。

翌日、朝いちばんの新幹線で、お母さんは福岡へ出かけていった。

幸い、おばちゃんは軽い脳しんとうを起こしただけで、すぐに意識は回復したようだったが、左膝を複雑骨折してしまい、緊急に手術が必要だ、ということだった。

そんなわけで、お母さんは、おばちゃんに付き添って一週間ほど福岡の病院近くのウィークリーマンションに泊まる、ということになった。

看板娘のお母さんとおばちゃんが、同時に店頭に立てなくなってしまったので、急きょ、お姉ちゃんが毎日「スイート・ホーム」に出勤することになった。午後六時までにはさくらを保育園にお迎えにいかなければならないので、私が五時きっかりに勤務先から退出するようにして、午後六時まえから七時まで店番をした。

「こういう連携プレーができるのも、陽皆が近くに住んでくれてるからこそやな」

お父さんに頼りにされて、お姉ちゃんは、「たまには帰ってこなあかんね」と、張り切っていた。

そして、手術から一週間が過ぎた週末。昇さんとお姉ちゃんが、おばちゃんとお母さんを迎えに、福岡へ出かけていった。

さくらは、お父さんと私と一緒に、おとなしくお留守番していた。「いっこばあば、大丈夫？」「もうすぐ、帰ってくるんよね？」と何度も何度も私に訊いて。

真君も心配して電話とメールをくれた。ほんとうはすぐにでもご両親にあいさつにいくべきところだろうけど、しばらく様子を見ることにするよ、と。彼の思いやりがありがたかった。

そうして、いっこおばちゃんが帰ってきた。昇さんが押す車椅子に乗って。

私の顔を見るなり、おばちゃんの目にたちまち涙が浮かんだ。

「ごめんな、はるちゃん。……ごめん」

あとは、言葉にならないようだった。

私は、おばちゃんの震える肩を抱いて、「おかえり、おばちゃん」とやわらかな声で言った。

「お父さんも、さくらも、おばちゃんが帰ってくるの、ずっと待っててんよ」

さくらは、「いっこばあば、大丈夫?」と、心配そうな瞳を、おばちゃんに向けた。

大好きなおばちゃんに抱っこしてもらえないのが、ちょっとさびしいのだろう。けれど、おばちゃんに頭をなでてもらって、早く治ってね、とあどけない声で励ましていた。

しばらくは松葉杖《まつばづえ》と車椅子が必要な生活になったので、おばちゃんの部屋は、二階から一階の和室に移された。

二階から一階への荷物の移動は、昇さん、お姉ちゃん、私の三人が受け持った。

車椅子に座ったままで、おばちゃんは、黙りこくってその様子をみつめていた。とても、切なそうなまなざしで。

けがをして帰ってきてから、どことなく、いっこおばちゃんを取り巻く空気が変わってしまった。

一日じゅう、部屋に引きこもって、外へ出ようとしない。

工藤さんや、仲良しの町内の人がやってきても、店頭に出ようとはしないので、皆、おばちゃんの部屋に上がって、世間話をして帰る、という感じだった。ただし、しゃべるのは工藤さんたちのほうで、おばちゃんは弱々しくうなずいているだけ。

「いっこさん、なんやずっとふさぎ込んでるねえ。どないかして、励ましてあげたいんやけどなあ」

私たち家族も、常連客の人々も、町内の友人たちも、誰もがおばちゃんのことを心配していた。

あまりしゃべらなくなってしまったいっこおばちゃん。

自分の足で歩こうとしなくなってしまった。

毎日食べていた大好きなスイーツも、ほとんど口にしなくなってしまった。

笑顔も弱々しくなってしまった。

ひまわりみたいに、いつだって前を向いて、元気いっぱい笑っていたおばちゃんだったのに。

どうして、こんなふうになってしまったんだろう……。

「いっこちゃんは、きっと、遠慮してるんやと思う」

お父さんが、ぽつりと言った。

ある夜、おばちゃんが就寝したあと、お父さんとお母さんと私は、二階の両親の部屋で話し合っていた。

このままではいけない。このまま、おばちゃんをいまの状態にしておいたら、本格的に歩けなくなってしまう。

おばちゃんと私たちの距離が、どんどん広がってしまう。

なんとかしなければ……と、お姉ちゃんたち家族を含め、私たち全員が思っていた。

遠慮してるんや、というお父さんのひと言。私も同感だった。

引っ越してきて一年とちょっと。おばちゃんは、いかにも屈託なく過ごしているように見せていたけど、ほんとうは心のどこかで遠慮していたんだ。

お世話になって申し訳ない、どんな面倒もかけたくない。――そんな思いを消すことができなかったのだろう。

それなのに、旅先でまたもやアクシデントを起こしてしまった。申し訳ない気持ちでいっぱいのおばちゃんの心は、すっかり縮こまってしまったのだろう。

「遠慮せんかてええのにね。誰も気にしてへんのになあ」

私が言うと、

「そう言われても、なかなかね。私らの世代は、どうしても遠慮してしまうねん」

お母さんがため息をついた。

お父さんは両腕を組んでじっと考え込んでいたが、顔を上げると、私たちの目を見て言った。

「陽皆から、リハビリ施設に通ったほうがええて、言われたんやけどな」

「そういえば、このあいだ、こっちの主治医の先生にも言われてたわ。自分の足は、自分の意志でしか動かせない。だから、しっかりリハビリしてくださいよ、って」

お母さんが、そう応えた。

おばちゃんは、福岡の病院から紹介状をもらって、市内にある整形外科の病院に通っていた。

そこの医師、富田林《とんだばやし》先生が、かねて患者さんに積極的にリハビリを勧めている、ということで、おばちゃんにも、ぜひやってみてください、少しずつ自立する意識をもって、ご自分の足でもう一度歩いてくださいと勧めてくださっていた。

そして、私たちにもアドバイスしてくださった。ご家族のご協力が何より患者さんには必要なんです、と。

私たち家族の気持ちは、もちろん、ひとつだった。

いっこおばちゃんが、もと通り、元気を取り戻すこと。そしてまた、自分の足で歩けるようになること。

以前と同じように、いきいきと生活できるようになること。

それ以外にはない。

私たちは、おばちゃんに、リハビリを始めるように勧めることにした。

ところが、おばちゃんは、なかなか首を縦に振ってくれなかった。

「みんなの気持ちはうれしいよ。せやけど、あかん。でけへんわ。年も年やし、ようなるかどうかわからへんのに、がんばったかて、周囲に迷惑かけるばっかりで……」

「そんなことあらへんよ。このまえ、リハビリ施設を見にいってきたけど、みんな一生懸命がんばって体を動かしてはったよ。きっと、いっこにもできる。あんたが自分でやる気にならんかったら、どうするの」

お母さんが必死に説得をしたが、やはり、かちかちに固まってしまったおばちゃんの心は容易には解けなかった。

なんとなく、真っ暗なトンネルに入ってしまって、行くことも戻ることもできず、立ち往生しているような気分になった。

私ですらそんなふうに感じるのだ。当人であるおばちゃんは、さぞや心中複雑に違いない。

――どうしたらいいんだろう。

そんなとき、トンネルの出口をふさいでいた大きな岩を動かしてくれたのが、真君だった。

おばちゃんが旅先でけが、の一件があってから、家の中がばたばたして、気がつくと、プロポーズの日から一ヶ月以上が経っていた。

真君は、ずっとおばちゃんの容態を気遣ってくれていたのだが、六月に入ったある日、思い切ったように言い出した。

「できるだけ早く、ご両親と、それから、いっこおばさんに、あいさつにいきたいんだ」

いっこおばちゃんがけがをして以来、自分の殻に閉じこもってしまっていることは、折に触れて真君に相談していた。真君は、ほんとうに真剣に、どうしたらいいか、ずっと一緒に考え続けてくれていた。

結婚の話を持ち出したりしたら、はるちゃん行ってしまうの？　と、おばちゃんがさびしがって、精神的に負担をかけてしまいかねない。だから、報告するのは慎重にしたいと、当初、私たちはふたりともそう思っていた。

けれど、真君は、むしろ結婚の話をバネに、おばちゃんに「トンネル突破」してもらいたい、と考え直したのだった。

「いっこおばさんは、僕らの関係をずっと応援してくれた。僕らが幸せになることを、いやや、言うような人とちがう。きっと見守ってくれはるし、自分もがんばろう、思ってくれはるて、僕は信じたい」

もちろん、私もそう信じていた。私たちは、おばちゃんのためにも、一歩、踏み出す決心をした。

雨に打たれたあじさいがあざやかに彩りを増した、とある週末。

真君が、我が家へやってきた。

お姉ちゃんとの結婚話をするために、昇さんが我が家へやってきたときは、ちょうどお母さんがけがで入院中だった。お母さんの代わりにと、私も同席させてもらった。

そのお返し、というわけではないけれど、真君と私の大切な話を、お姉ちゃんにも聞き届けてほしかった。そして、もちろん、いっこおばちゃんにも。

我が家の居間に、お父さん、お母さん、車椅子に乗ったいっこおばちゃんが並んだ。いっこおばちゃんのそばに、お姉ちゃんが座った。真君と私は、四人に向き合った。

真君は、とても清々しい声で、四人に向かって言った。

「お義父《とう》さん、お義母《かあ》さん、いっこおばさん、お義姉《ねえ》さん。僕と晴日さんは、結婚したいと思っています。僕は、はるちゃんを幸せにしたい。そして、そうすることによって、皆さんも一緒に幸せになっていただきたいんです。――お許しいただけますでしょうか」

――お願いします。

真君は、深々と頭を下げた。私も、同時に頭を下げた。――かつて、昇さんとお姉ちゃんがそうしたように。

お父さんは、じっと腕組みをして――お姉ちゃんのときは、パティシエ姿のままで、けっこうそっけなかったのだが――真君の言葉に聴き入っていた。それから、ゆっくりと顔を上げて、応えた。

「君がそう言ってくれるのを、ずっと待っていました。何かとわがままでおきゃんな娘ですが、晴日のことを、よろしく頼みます」

そして、やっぱりあの日のように、ていねいな、うつくしいお辞儀をした。お母さんも、お父さんとそっくりの、とてもきれいなお辞儀をした。

お姉ちゃんは微笑んで、おめでとう、と囁いた。

そして、おばちゃんは——。

「……で、お式はいつやの？」

突然、訊いた。

その場にいたみんなが、きょとんとして、おばちゃんのほうを向いた。

真君は、不意をつかれた様子で応えた。

「あ、いや、あの、できれば……十月頃に、と考えてるんですが……」

「大好きなキンモクセイの香りに包まれて、家族写真を撮影してから式場に行きたいて、私が言うてん。お姉ちゃんが、そうしたように」

私が急いでフォローした。

すると、お姉ちゃんが、ふふっと笑った。

「なんやの、もう。ちっちゃい頃から真似《まね》っこやねんから」

私は、ちょっと照れくさかったが、正直に白状した。

「ええやん。憧れやったんやもん。あんなふうにしてお嫁にいきたいなあ、て」

「そうか、十月か。それやったら、準備を急がんとあかんな」

お父さんが言うと、

「ほんまやね。式場のこととか、新居のこととか……」

お母さんが、お姉ちゃんのときのことを思い出すようにして続けた。

おばちゃんは、みんなのやり取りを黙って聞いていたが、やがて、きっぱりと顔を上げると、真君と私に向かって言った。

「ほな、準備せんといかんよね、私も。……まにあうかな?」


いっこおばちゃんが、初めて口にした「準備」。それは、リハビリのことだった。

どうしても、どうしても、自分の足で立って、歩いて、はるちゃんの花嫁姿を見にいきたい。

そのために、準備をする。リハビリをする。

それが、おばちゃんの決意だった。

おばちゃんが、自分から「リハビリをする」と言い出したことが、私たち家族には何よりうれしいことだった。

主治医の富田林先生のところへ、リハビリを開始します、と報告に行くと、先生はとても喜んでくださった。

「患者さんご自身がやる気にならはるんが、どんなことよりリハビリには効果的なんです。池田さんの場合は、姪御さんの結婚式までに、という具体的な目標があるし、なおいいと思います。きっとやり抜いてください」

先生のあたたかい励ましに、元気いっぱい、はい！　と応えたのは、おばちゃんと、お母さんと、そして私。「これは頼もしいですね」と、先生に笑われて、赤面してしまった。

リハビリ施設に通うにあたって、ケアマネージャーのチームが我が家へやってきた。そして、医師の診断書と合わせ、ていねいにおばちゃんの容態をチェックして、どんなプログラムを組むのか、一緒に考えてくれた。

リハビリ自体は、マシンを使ったゆるやかなエクササイズ、バランス練習や平行棒を使っての歩行練習など、自主的な運動を組み合わせてプログラムを作る。すべてのプログラムは、当事者の容態や状況に応じて、すべて個人用に作られるのだそうだ。

施設にはお風呂や食堂などもある。さまざまなリクリエーションができる場所もあって、なんだか楽しそう。

「体を動かすのも重要ですが、仲間を作って楽しむことも、『自立』への大切なステップになるんですよ」とケアマネージャーさんに教えられ、なるほど、と納得。

一日六時間、あるいは三時間、無理なく、けれどしっかりとトレーニングする。そして、三ヶ月ごとに、トレーナーとケアマネージャーが、当人と家族とともにチェックを行う。リハビリの成果が上がっているか、次の三ヶ月はどんなプログラムを組むのか。目に見えるかたちで、家族全員で確認をする。

リハビリ初日、センターから迎えの車が到着した。おばちゃんは、最初ということもあって、車椅子で出かけていった。お父さん、お母さん、私は、おばちゃんが旅行に出かけていったときと同じように、玄関先で手を振って見送った。

「大丈夫かなあ……無理なこと、ないやろか」

車が見えなくなるまで手を振って、お母さんが、ぽつりと言った。

「大丈夫。きっと、いっこちゃん本来のパワーを発揮して、がんばるはずや」

お父さんがそう言って、お母さんの肩を叩いた。私はこっそり微笑んだ。

お母さんにとって、おばちゃんは、やっぱりいつまで経っても世話の焼ける、大切な、小さな妹なんやなあ。


それからの数ヶ月は、目が回るほど忙しい日々だった。

式場の予約、招待客のリスト、衣装選び、引き出物、ハネムーンの予約、それに新居探しなど、もうノンストップ。なかなかテニスにも行けなくなって、フラストレーションがたまりそうなくらい。

「お姉ちゃんもこんな大変な準備をしてきたんやね。尊敬するわあ」

お姉ちゃんに向かってちょっとぼやいてみると、

「幸せになるための準備やと思ったら、ええもんでしょ?」

涼しい顔をして返されてしまった。まあ、その通りなんだけど。

リハビリ中のおばちゃんのがんばりは目覚ましいものがあった。

週四回、一日六時間、なかなかハードなスケジュールをきっちりこなし、それでもまだ足りないと、ほかの会員がみんな帰ってしまったあとも、ひとり、黙々と歩行訓練を行うこともしばしばのようで、「ほんまに、ようがんばってはりますよ」と、ケアマネージャーさんが折に触れて教えてくれた。

見にいってもいい？　と訊いてみると、「あかん、あかん」とおばちゃんは断固拒否。

「秘密の特訓やねん。やってる最中は、絶対に見られたらあかんねん。……そうやな、言ってみれば、『鶴の恩返し』みたいなもんや」

などと言う。もとのおばちゃんの調子が戻ってきたねと、私たちは微笑み合った。

だけど、ちゃんとわかってる。

おばちゃんが、どんなに努力をしているか。

絶対に楽なはずはない。歩けない、と固まってしまった体と心に、歩けるんだ、と毎日毎日、教えてあげなくちゃいけないんだから。

繰り返し、繰り返し、毎日、毎日。

おばちゃんは挑戦を重ねているんだ。

もう一度、自分の足で歩くために。今度こそ、ほんとうに、幸せになるために。

絶対に来たらあかん！　と言われていたけど、ある夕暮れどき、お姉ちゃんと私は、さくらを連れて、そうっとリハビリ施設を訪ねてみた。おばちゃんが、うんとがんばってる姿をさくらに見せてあげたい。だから、秘密で、そうっとね――と、お姉ちゃんが言い出したのだ。

施設の南側に面したトレーニングルームは、一面ガラス張りになっていて、少し離れたところからでも中の様子がうかがえる。私たち三人は、南側の小径にたたずんで、明かりのついたトレーニングルームの様子を眺めた。

午後のプログラムはもうとっくに終わっている時間。理学療法士さんが見守るなか、平行棒に両手でつかまって、ひとり、いち、に、いち、に、歩く練習をしているおばちゃんの姿が見える。

ピンクのポロシャツに、タオルを首に巻いて、ときどき、顔をぬぐいながら。いち、に、いち、に、と口が動いているのがわかる。

ふと、立ち止まっては天井を仰ぐ。まるで、何かを祈っているかのような表情で。そしてまた、ゆっくり、ゆっくり、いち、に、いち、に。

じっと眺めるうちに、私は、たまらなく胸が熱くなるのを感じた。

おばちゃん。――なんだかすごく、きれいだ。

しわいっぱいの、すっぴんの顔。すっかり白髪のショートヘア。だけど、とってもすてきだ。

何かに一生懸命熱中している人の顔。がむしゃらに立ち向かっている人の表情が、こんなにきれいだなんて。

内面から輝いている人こそが、ほんとうにうつくしい人なのだ。

そう気がついて、涙がこみ上げた。

「ねえ、さくら。わかる？　ほら、いっこばあば、がんばってるねんよ。すてきやろ。カッコいいやろ？」

さくらのそばにしゃがんで、お姉ちゃんが囁いた。さくらは、つぶらな瞳をガラスの向こうのおばちゃんに向けて、うん、と大きくうなずいた。

「いっこばあば、めっちゃ、カッコいい！」

お姉ちゃんと私は、目と目を合わせて、微笑んだ。

うん。そうだ、その通り。

いっこおばちゃん。すてきだよ。めっちゃ、カッコいいよ。

がんばって、おばちゃん。

私たちの、私の——大好きな、おばちゃん。

十月初めの土曜日、大安吉日。

秋晴れの涼やかな青空が、高台の上にすがすがしく広がった。

「ああ、あかんな。えらい人数増えたから、うまいこと収まらへんわ。……真君、もうちょっと晴日のほうに寄って。もっとくっついて、もっと……ええからええから、今日から夫婦やし」

三脚の上に据えた一眼レフのデジタルカメラ。ファインダーをのぞきながら、お父さんがせわしなく指示を飛ばす。

「もうええやないの、早よせんかったら遅れてしまうよ」とお母さん。

「大丈夫やってお母さん、私のときもこんな感じやったし」とお姉ちゃん。

「あはは、ほんまや。思い出すなあ」と昇さん。

「さくら、いっこばあばとお手て、つなぐ」さくらがそう言って、中心の車椅子に座っているいっこおばちゃんの脇に立ち、手をつないだ。

「あら、うれしい。今日はええ日やわ」いっこおばちゃんはうれしそうだ。

そして、今日は主役の真君と私。いっこおばちゃんの後ろに、並んで立った。真君が、私の肩をそっと抱き寄せる。

「ほな、いくで。せえの、で十からカウントダウンやで。せえの」

十、九、八、七、

お父さんが飛んできて、私の隣に滑り込む。そして、私の肩に、ぽん、と手を置いた。

六、五、四、三、二、一。

――カシャ。

香田家、過去最大の大所帯記念写真。これが、「スイート・ホーム」の店内に飾られる頃には、私は、真君とともに西宮市内の新居で新しい生活を始めている。

なんだか、とても不思議な感じ。

もちろん、うれしい。けど、ちょっとさびしい。

心にぽっかり穴が空いたみたいな。

近いんだから、いつだって帰ってこられる。だけど、もう少しだけ、お父さん、お母さんのそばにいたいような。お姉ちゃんの――いっこおばちゃんのそばに。

「さ、早よ行きなさい。私ら、すぐ追いかけるから」

お母さんがせかす。はい、と私はうなずいて、車椅子に座ったままのおばちゃんのほうを振り向いた。

「おばちゃん、大丈夫？　……式場で、待ってるからね」

おばちゃんは、努力の甲斐《かい》あって、ゆっくりとだが、杖をついてならば、どうにか歩けるようにはなっていた。けれど、急いでいるときや、しんどいときは、やっぱり車椅子のほうが速い、ということになってしまう。式場へも、車椅子に乗って、昇さんが車で連れてきてくれることになっていた。

おばちゃんは、にっこりと笑顔になって言った。

「心配せんといて。花嫁がそんな不安そうな顔したらあかんよ」

私は、こくんとうなずいた。

ほなさきに行ってます、と、真君と私は、車に乗り込んだ。

これから会場へ行って、ウェディングドレスを着て、ヘアメイクをして、そして、そして……今日の予定が、パニックになりそうなくらい、頭の中で渦巻いている。

「大丈夫？　緊張してるやろ。ちょっとコワい顔やし」

エンジンをかけて、真君が言う。私は、わあ！　と声を出して、両手で顔を包んだ。

「あかん、めっちゃ緊張してる」

「大丈夫、大丈夫。僕らは何をしても、今日はおめでとうって言われる立場やし」

結婚式当日でも、このマイペースぶり。ちょっとだけ緊張の糸がほどける気がした。

サイドミラーの中で、街の風景が遠ざかっていく。

私のふるさと。私の家族が住む街。私の、大好きな街。

ときどき、帰ってくるからね。

私のこと、忘れないでね。


午後一時きっかりに、ホテルのチャペルのドアが開いた。

オルガンが奏でる「結婚行進曲」。おごそかなメロディとともに、赤いヴァージンロードに足を踏み出した、純白のドレスに身を包んだ私。

そして、私の隣で、腕を組んでいるのは——。

お父さん、ではなくて、いっこおばちゃん。

その日、いちばんのサプライズ。

「そろそろお時間です。チャペルのほうへご移動ください」

新婦控え室で待機していた私は、係員の声がけで立ち上がった。

予定では、腕を組んでお父さんと一緒に、チャペルへ移動することになっていた。

ところが、控え室に現れたのは、お父さんだけではなかった。いっこおばちゃんが一緒だったのだ。

おばちゃんは、ドアの向こうにすっとたたずんでいた。そして、私のところへ、一歩一歩、ゆっくりと、そしてしっかりと歩み寄った。――杖を持たずに。

「――おばちゃん!?」

ひと声、叫んで、あとは言葉にならなかった。

おばちゃんは、私のレースの手袋をはめた手を取ると、心をこめて、きゅっと握った。

「どうしても、どうしても、歩いてみたかってん。はるちゃんと一緒に、ヴァージンロードを」

私は、驚いてお父さんを見た。お父さんは、肩をすくめて笑っている。

「私がエスコート役でも……ええかな？　はるちゃん」

おばちゃんの問いに、私は何度もうなずいた。涙があふれた。涙の粒は、ブーケの百合の花びらの上にぽつんとこぼれ落ちた。

「これが私からの、結婚のお祝い。『希望のギフト』や。受け取ってね」

……なあんて、ちょっとカッコつけすぎやろか。

そう言って、おばちゃんは、ひまわりのように笑った。

ヴァージンロードを、腕を組んで歩く、いっこおばちゃんと私。

そのあとから、ゆっくりゆっくりついてくる、お父さん。

ドレスの裾《すそ》を持って、ちょこちょこついてくるのは、さくら。人生初の大役を、しっかり務めてくれている。

祭壇の手前で、おばちゃんから、お父さんへと、エスコート役をバトンタッチ。

祭壇では、ちょっと緊張気味の真君が、私を待ってくれている。

お父さんと腕を組んで歩く、ほんの三歩。

その向こうで、私たちを待っている未来。

希望のギフトを、いつまでも、胸に抱いて生きていこう。

めぐりゆく季節

秋の桜

すっきりと澄み渡った秋晴れの空の中で、赤茶けた枯れ葉をつけた桜の枝が、少しだけ寒そうにかすかに揺れている。

その下を、イヤホンで英語のリスニングのプログラムを聴きながら、ぶつぶつ、ぶつぶつ、構文の言い回しを口の中でとなえて、通り過ぎる私。

目の前に、はらりと一枚、桜の葉っぱが落ちてきた。ただそれだけなのに、びくっとして立ち止まってしまう。

ああ、もう。なんでこんなにびくびく、カリカリ、イライラしてるんだろう。

ため息をついて、イヤホンを外した。ついさっき、玄関先まで見送ってくれたお母さんとのやり取りを思い出す。

私が玄関に座ってムートンのブーツをはいているのを、背中のほうでみつめる気配。――お母さんだ。私は立ち上がると、振り向いて言った。

「もう、いちいち見送りとかやめてよ。小学生と違うんやから」

つい、つっかかってしまった。お母さんは、にこにこしながら、「見送りと違うよ。ちょっと、朝のうちに春菊の種をまいとこかな、思って」などと言う。この春、庭の一角に作った小さな菜園を、それはそれは大切にしているのだ。

私は、何も言わずにドアを開けて外へ出た。すぐさまイヤホンを耳にセットして、スマホの「英語構文ヒアリングアプリ」をタップする。大音量で、英語が鼓膜に響いてくる。

「イフ・ユー・キャン・ドリーム・イット、ユー・キャン・ドゥー・イット。……イット・オールウェイズ・シームズ・インポッシブル、アンティル・イッツ・ダン……」

ぶつぶつ、ぶつぶつ、つぶやきながら、門扉を開けて出ていこうとすると、背中をちょいちょい、つつかれた。振り向くと、お母さんが、やっぱりにこにこ顔で、ほら、って感じで、右手に持った春菊の種の袋を私に向かって見せた。「春菊」と書かれている文字の、「菊」を指で隠して。口を、ぱくぱく、ぱくぱく。

「え？　何言うてんの？」

私が大声で訊くと、お母さんは、種の袋の「春」の文字を左手で指差して、ゆっくり、口を動かした。

は・る・わ、く・る・よ。

春は、くるよ——と、言っているようだ。私は、なんだか、かちんときてしまった。

「何やのそれ。意味わからへんし」

そう言って、ぷいっと通りへ出てしまった。

はらり、はらり。秋の風に吹かれて、舞い落ちる桜の葉。しゃがんで、一枚、拾い上げる。指先で、くるっと回して、ふうっと息を吹きかけて飛ばす。

そう、私、むしゃくしゃしてる。——浪人生やもん、しゃあないやん。

毎日、毎日、勉強、勉強、勉強。市内にある予備校への行きも帰りも、こうしてヒアリングの勉強して、電車とバスの中でも、一分一秒を惜しんで、参考書めくって……。

いつまでこんな日々が続くんだろう。

秋空に枯れ葉の枝を広げる桜の木。ふと立ち止まって、見上げてみる。

——春は、くるよ。

私がカリカリしているときも、笑顔を絶やさずに、さりげなく励ましてくれるお母さん。

それなのに、あんなふうにあたってしまった。

あーあ、いやだいやだ。自己嫌悪。

こんな私には、春は永遠にこないかもしれない。


両親と私、三人家族が、この街へ引っ越してきたのは、今年の春のこと。

もともと市内のマンションに暮らしていたんだけど、勤務先のある大阪に電車で通える距離で、できれば自然が豊かな環境の街に、庭付きの一軒家を建てたい——というのが、お父さんの長いあいだの夢だった。

そしてお母さんは、それにくっついて、ほな、私はその家の庭をイングリッシュガーデンにして、ついでにちょこっと家庭菜園とかもやりたいわあ、と、「夢の家」の話が持ち上がるたびに、わくわく、うれしそうに言っていた。

私にはよくわかるんだけど、お父さんは、お母さんの、そういうところ——いくつになっても女子っぽくて夢見がちなところが、けっこう好きなんだってこと。だから、きっとがんばって、お母さんのためにも夢を実現させたのかも。

私は、といえば——もちろん、眺めのいい高台に家族で暮らす家があって、自分の部屋の窓から遠くに海が見えたりしたら、そりゃあもう最高やろ、って憧れていたけれど。

そんな生活を思いっきり楽しむためにも、まずは第一志望の大学に合格しなくちゃ！　と決意していたのだった。

なんとなくよさそうな街だから、見るだけ見にいってみないか？　とお父さんに誘われて、私たち三人がこの街の分譲地へ見学にきたのは、私が高校二年生の秋。街路樹の通り、桜並木、眺めのいい公園。街中をあちこち案内されるうちに、私たち三人のわくわく感は止まらなくなってきた。

そして、遠くに海が見える、眺めのいい分譲地にたたずんだときの、お母さんのひと言。

「ここに庭があったら、そらもう最高やわ！」

そうしたら、すぐにお父さんのひと言。

「そうか。ほな、ここに家を作ろう！」

びっくりするくらい、きっぱりと決断したのだった。

私は、といえば——え、ほんとに？　だったら、やっぱりがんばって、第一志望に合格しなくちゃ！　と、すっかりやる気になったのだった。

そして、私の大学受験の直後に新居が完成、春休みに引っ越しという予定になった。

そう、私は長くつらい冬を乗り越えて、ようやく春を迎え、第一志望の大学にさっそうと新居から通う……はずだった。

けれど、私のもとに届いたのは、「不合格」の知らせ。

お父さんが夢をかなえた家。お母さんの憧れの小さな菜園がある庭。

窓から遠く水平線を眺められる、明るく、広々とした、私の部屋。

第二志望の大学からは、合格通知を受けた。「無理せんと、そっちに行ってもええんと違うか」とお父さんは言った。だけど……。

「もう一年、がんばってみたい。それでもええ？」

お父さんも、お母さんも、夢を実現したんだ。だったら私も、と思った。

中途半端な気持ちのままで、あきらめたくなかった。

「由芽《ゆめ》がしたいようにしたらええよ。もう一年やってみよって自分で思うんやったら、きっとがんばれるよ。せやから、やってみなさい」

お母さんは、いつもの笑顔でそう言ってくれた。

何もかもが新しく始まる春。買い物に出かけた帰り道、淡いピンクの花びらがはらはらと舞い散る桜並木を、お母さんと私、ゆっくりと新居に向かって歩いているときだった。

ねえ、由芽。——春は、くるよ。

お母さんのあたたかな声が聞こえた。そのひと言が胸にしみた。


チリンチリン。

ベルを鳴らして、お店のガラスのドアを開ける。ふわっと立ち込める、バニラとバターの甘い香り。

「あ、由芽ちゃん。いらっしゃい。ひさしぶりやね」

色とりどりのスイーツが並んだショーケースの向こう側で、にっこりと笑いかけたのは、「スイート・ホーム」の看板娘、陽皆さんだ。

来年には小学生になる娘のさくらちゃんがいる、すてきなお母さんの陽皆さんを「看板娘」なんて私が言うのもヘンだけど、この店には「自称・看板娘」が三人もいて、「そのいちばん年下が私やねん」と本人が言っていたから、まあ、そういうことで。

看板娘の長女は、陽皆さんのお母さんの秋子さん。看板娘次女は、秋子さんの妹のいっこさん。三人揃って「看板を出している」ときもあって、それはもうにぎやかで楽しくて、すてきな「三姉妹」なのだ。

この街に引っ越してきてすぐ、「すっごくおいしいスイーツのお店があるねんよ」と、ご近所の工藤さんから聞かされたお母さんが、まずは自分が行ってみて、すっかり気に入ってしまい、いろんな種類のスイーツを買ってきては、私の勉強中に差し入れしてくれた。それで私も気になって、息抜きに、ということで、お母さんに連れられてお店へ行ってみた。

やさしそうなお父さんでパティシエの香田さん、秋子さん、いっこさん、陽皆さんの「三姉妹」、お嫁にいったけどときどき帰ってきて手伝うという、陽皆さんの妹、美人でおしゃれな晴日さん。家族の誰もがいい笑顔で、会話も楽しく、ていねいなおもてなしをしてくれて――スイーツのひとつひとつに、香田さん一家の心がこもっているようで、お母さんばかりか、すっかり私もこのお店のファンになってしまったのだった。

あんまりがんばりすぎるのもあかんよね、と自分に言い訳して、秋口くらいまでは「スイート・ホーム」へちょこちょこと出かけていたのだけれど、さすがに秋が深まる頃にはうかうかしていられない気分になってきた。

勉強の合間にスイーツを楽しむ余裕もなくなって、この日は出かけるときに、つい、お母さんにそっけなくしてしまった。

春は、くるよ。――と、せっかく言ってくれたのに。

予備校からの帰り道、なんとなくまっすぐ家に帰る気がしなくて、ふと、「スイート・ホーム」に寄ってみようかな、と足が向いた。

「どう、勉強のほうは？　がんばってる？」

陽皆さんに訊かれて、私は、「うん、まあ……」と、もごもご、口の中で応えた。

「今日は、予備校の帰り？」

「うん、まあ……」

「そっか。息抜きに寄ってくれたんやね」

「うん……」

ずっと、もごもご、ごにょごにょ。陽皆さんは、私の様子がちょっとヘンだと気がついたのか、

「ね。よかったら、お茶していかへん？　ごちそうするし。……私、もう上がる時

間やから」

と、誘ってくれた。私はすなおにうなずいた。

「あら由芽ちゃん、ひさびさやね。なんや、受験勉強づかれ？　あんたちょっと、やせたんと違う？」

店番をバトンタッチされて登場したいっこさんが、私の顔を見るなり言った。なんでもはきはき、言いたいことはズバッと言うねん！　というのが、いっこさんのキャラらしい。足をけがして一時期歩けなくなったこともあったのに、晴日さんの結婚式に歩いて出席したい、という一心でリハビリし、いまでは「ゆっくりやけどウォーキングもしてるねんよ」と、うれしそうに教えてくれた。

店内にはちょっとしたカフェスペースがあった。テーブルを挟んで私に向かい合うと、陽皆さんは、「がんばりすぎてへん？」と囁き声で尋ねた。

「いっこおばちゃんの言う通り、ちょっとやせたし、元気ないなあ、って思って。これから大変な時期やと思うけど、たまには休まんとあかんよ」

やさしい言葉をかけられて、心が、ぐらりと揺れた。まるで水がいっぱい入ったコップを傾けたように。

私は、下を向いて、目を閉じた。なぜだか、泣いてしまいそうだった。ぎりぎりのところで、どうにか涙を止めた。

陽皆さんは、じっと私をみつめて、何も言わなかった。そのやさしさが、あたたかさが、うれしかった。

「……『春は、くるよ』って、お母さんが言うてくれたのに。……なんか、私、めっちゃそっけなくしてしまって。なんかイライラして……『もう春なんかこない』って気分になって」

ぽつり、ぽつりと、ただ胸に募る気持ちのままに言葉が口をついて出た。なんの脈絡もない言葉。きっと、陽皆さんには、なんのことやらさっぱりわからなかったに違いない。

しばらくして、陽皆さんは、黙ったままで席を立つと、お店の奥へと行ってしまった。私は、あわてて目をこすると、顔を上げた。

このお店は厨房とのあいだがガラス張りになっていて、店内から厨房が見えるようになっている。そこでせっせとケーキを作るパティシエに、陽皆さんが何やら話しかけているのが見えた。パティシエは、ひとつうなずくと、忙しく手を動かし始めた。

そして、五分後。

「はい、お待ちどおさま」

陽皆さんが、トレイの上にショートケーキをふたつ載せて、私のテーブルまで運んできた。私は、目を瞬かせて、ケーキをみつめた。

——あ……。

ケーキの上に、ちょこんと載せられた、薄紅色の——桜の花びら。

「いま、お父さんに頼んで、マジパンで特別に作ってもらったの。どう？　なかなかよくできてるやろ？」

私は、吸い込まれるようにして、桜の花びらをみつめた。はらはら、はらはら

……こぼれ落ちたのは、花びらではなく、涙だった。

「いま、食べる？　それとも、これ、ふたつ……持って帰る？」

陽皆さんが訊いた。私は、うん、とうなずいた。

「……持って帰る」

「お母さんと、食べる？」

「うん。……食べる。お母さんと」

なんだか、涙が止まらなくなってしまった。陽皆さんの、やさしい手がふっと伸びて、私の前髪をそっとなでた。

「いっぱい、泣いていき。ここで。……せやけど、笑顔で帰らんとあかんよ」

うん、ともうひとつ、私はうなずいた。

春は、くる。――きっとくる。

秋の桜の花びらに、ぽつんとしょっぱい涙が落ちた。

ふたりの聖夜

駅から山手の街へと続くバス通り。ゆるやかな坂道を、電動自転車をこぎながら上っていく。

冬の始まりの夕方は、高台から見渡す市街の明かりがきらきらとまたたいて、星くずがちりばめられたように輝いて見える。

私の勤務先は、街の中心部にあるスーパー「オアシス」の中にある。週二回の料理教室で、季節感あふれる料理を教えるのが、私の仕事だ。

その日は、午前中の料理教室を終えてから、午後は千里中央へ。別の料理教室があって、そこでも講師を務めた。

一日二回の教室が終わると、今日もがんばったなあ、という心地よい疲れと満足感を味わいながら、駅から高台にある我が家まで、電動自転車をゆっくりこいで帰っていくのだ。

駅に降り立ったときに、ぶるっと身ぶるいするような寒い季節がやってきても、自転車をこいで坂道を上がっていけば、我が家に着く頃にはすっかり体があたたまっている。

駐車場の隅に自転車を停めて、門扉を開ける。その脇にある銀色の郵便受けを開けると、淡い水色の封筒が一通。「Ms. Miki Sonoda and Mr. Hajime Tatsuno」と、私と辰野君、ふたりの宛名がしたためてある。

わ、なんだろう。……連名になってる。

ちょっとくすぐったい気分で、待ちきれず、その場で封を開けた。

雪景色の中、色とりどりのオーナメントで飾られたクリスマスツリーの絵が描かれたカード。そっと開いてみる。

クリスマスパーティーのご案内
十二月二十一日　午後七時半より
我が家にてお待ちしています
フレッド&エマ

「おかえり。どないしたん？　寒い中に突っ立って……」

ドアが開いて、母が顔をのぞかせた。私は顔を上げて、「ただいま」と応えた。

「クリスマスパーティーの招待状がきててん。エマのとこの」

「あら」と母は、にこっと笑顔になった。

「私も今日、『スイート・ホーム』でエマさんに会って、招待状、その場でいただいたんよ」

「わ、お母さんも？」

「うん。陽皆ちゃんたちや香田さんご一家も招待されたみたいよ。ただし、パティシエはクリスマスケーキ持参って条件付きやったらしいけど」

さすが、エマ。この街に引っ越してきて半年、この街のとっておきの料理とスイーツでゲストをもてなす計画なんだな。

——かくいう私は、実は、アメリカ人カップル、フレッド&エマのクリスマスパーティーの栄誉あるシェフに指名されていた。

エマは、「オアシスキッチン」に一度だけ体験にきたことがある。この初夏のことだ。

むせかえるような瑞々しい青葉が風にきらめく小径の風景が眺められる、大きなガラス窓のある料理教室。そこで作った初夏を楽しむ料理の数々を、この街に引っ越してきたばかりのエマはすっかり気に入り、そのうちに落ち着いたら我が家でホームパーティーをしようと思うので、そのときはシェフとして来てくださいませんか？　と依頼されたのだ。

私はもちろん、喜んで！　と応えた。

夫のフレッドの仕事の関係で日本へやってきて二十年。エマは、目をつぶって聞けば日本人と話しているんじゃないか、と思うほど、流暢《りゅうちょう》に日本語を話した。気さくな人柄とノリのよさは、関西に長らく住んでいるからだろうか。エマは、金髪で青い目をした関西人なのだった。

「で、パーティーのメインは何にするか、もう決めたん？」

キッチンのテーブルで、ハーブティーを飲みながら、母が尋ねた。

私は「そうやなあ……」と小さくため息をついた。

「エマのお宅、めっちゃすてきやし、テーブルセッティングも小粋に演出するやろしなあ。何より、香田パティシエがスペシャルなケーキを持ってきはるやろし。料理が負けてしまいそうで、迷ってるねん」

母は、くすっと笑い声を立てた。

「いつもの調子でいったらええやないの」

それはまあ、そうなんだけど。

フレッドとエマのお宅に、パーティーの下見のために出かけたとき、いかにもアメリカ人エグゼクティブの家庭らしく洗練されたインテリアにすっかり圧倒されてしまった私。

どないしよ、あの雰囲気にふさわしいクリスマスディナーなんて……と、帰る道々、戸惑っていた私に、一緒に行ってくれた年下のボーイフレンドの辰野君が、言ってくれたのだった。

——未来さんは未来さんらしく、いつも通りでええやん。

それがいちばん、皆が食べたいメニューやと、僕は思う。

フレッドとエマの家は、遠く街並が見渡せる高台にあって、広々とした庭、居心地のよさそうなテラスがあるすてきな家。知り合いの建築家に依頼して、隅々までふたりの趣味を反映させたとあって、家の中も外も、ため息が出るほどシックでおしゃれな家だった。

十一月も下旬になって、一ヶ月後に迫ったクリスマスパーティーの打ち合わせをしましょう、ということで、私はエマの家に招待された。よかったら、辰野さんも一緒に遊びにきてください、と。

青い目の関西人・エマとは、いつもスイーツを買いにいく「スイート・ホーム」のカフェや、「オアシス」のテラスで、ときどき一緒にお茶をする仲だったが、家に遊びにいくのはそれが初めてだった。

スイーツ男子の辰野君は、「スイート・ホーム」でエマと一緒になることがときどきあって、大好きなスイーツ話に花を咲かせることもしばしば。

「ほんまに、ふたりの話を聞いてたら、スイーツの知識が半端じゃなくて……パティシエも顔負けやわ」

と、香田パティシエの奥さんの秋子さんが、こっそり私に教えてくれた。

そんなわけで、辰野君と私はふたり揃ってフレッドとエマの家を訪問したのだが、すばらしいインテリアの中でも、特に感激したのがキッチンだった。

広々と動きやすいキッチンは、すらりと背が高い夫婦のために、作業台が少し高めに作られていて、ガスコンロ、オーブン、食洗機など、すべてビルトインされている。壁いちめんに作り付けられた食器棚は、陶芸が大好きなエマが日本各地の窯元を訪ね歩いて集めた陶器のコレクションがずらりと並び、まるでギャラリーのよう。

「わあ、すごい。これやったら、毎日のお料理も楽しみですね」

私が感激して言うと、フレッドがにこにこしながら、

「週末の料理は僕が担当するんだよ。手のこんだ煮込み料理なんかも、得意なんだ」

と言って、ちょっと自慢げな顔になった。

「デザートを作るのはどちらの担当なんですか？」

興味津々で辰野君が訊くと、

「アップルパイは私。バナナプディングはフレッド。でも、いつもは『スイート・ホーム』のケーキやね」

楽しげにエマが応えた。

「わあ、ええなあ。理想的」

心底うらやましくて、私は思わずそう言った。

「クリスマスディナーも、最後を飾るのは香田さんの特製ケーキ。それを想像しながら、メニューを考えてくれたら、思うてます」

エマに言われて、私は、はたと考え込んでしまった。

香田パティシエのケーキは、きっととってもスペシャルなものに違いない。でもっ

て、きっと華やかでボリュームもあるから、メインであんまりお腹いっぱいになってしまってもいけない。

「どんなお料理にしたら、喜んでもらえるかなあ」

打ち合わせを終え、フレッドが作ったおいしいバナナプディングをいただいて、帰る頃にはすっかり暗くなっていた。

冷たく澄んだ大気の中で夜景がきらめいて見える。この季節、この街から眺める夜景は、ほんとうに言葉にできないくらいきれいだ。

辰野君と私は、並んで街路を歩いていた。クリスマスディナーのメニューをいったいどうするか、なんとなく迷ってしまっている私だったが、辰野君は、私のコートの肩をぽん、と軽く叩いて、

「未来さんは未来さんらしく、いつも通りでええやん。それがいちばん、皆が食べたいメニューやと、僕は思う」

明るい声でそう言った。

「そうかなあ」私がちょっと頼りない声を出すと、

「そうそう、そういうこと。少なくとも、僕が食べたいのは、いつも通りの未来さんらしい料理やで」

そう言って、私の肩を抱き寄せた。私は肩をすくめて、辰野君に寄り添った。

「寒なったなあ」

「うん」

「でも、あったかいよな。……ふたりで一緒におったら」

「……うん」

私は、また、肩をすくめた。

いつか、そんなに遠くない未来、フレッドとエマみたいになりたいな。

——と、聞こえたような気がした。

空耳、じゃないと思う。——そらみみ、じゃありませんように。


クリスマス間近の夜、招待された人たちが、フレッドとエマの家に集まった。

「メリー・クリスマス」

「お招きありがとうございます」

「わあ、すてきなお宅！」

「スイート・ホーム」の香田パティシエ、秋子さん、秋子さんの妹さんで「看板娘ナンバー2」のいっこさん、香田パティシエの長女の陽皆ちゃん、だんなさまの昇さん、娘さんのさくらちゃん。次女の晴日さん夫妻。「オアシスキッチン」の生徒の徳永さんたちもいる。

ご近所のレディース・アンド・ジェントルメンが、手に手にプレゼントの箱や花束を持って、大きなクリスマスリースが飾られたドアをノックした。

私は、パーティーの始まる四時間まえにキッチン入り。辰野君がアシスタントだ。彼は、最近めきめきと料理の腕を上げ、とても頼もしい助っ人なのだ。私たちは、オーブンを温めたり、食材を刻んだり、ブレンダーのスイッチを入れたり切ったり、それはもう忙しく動き回った。

何しろ、その日招かれたのは三十人のゲスト。さすがに着席は無理だったが、立食でも楽しめるようにメニューを考えた。

魚介のフリット。小さなポテトコロッケ。温野菜とバーニャカウダのソース。ターキーのオープンサンド。イチゴと空豆のリコッタチーズあえ。海の幸と山の幸を使った三種のパスタ——などなど。

エマ自慢の器の数々に、彩りよく、バランスよく盛りつけていく。辰野君は、実にきびきびと、スピーディーに、そして的確に盛りつけ、あっというまにテーブルへと運んでいく。

リビングで、何ごとか、わっと盛り上がるたびに、楽しい空気が伝わってくる。キッチンを任された私たちは、何が起こっているのか、楽しい場面に立ち会うことはできない。けれど、ゲストが皆、楽しんでくれている空気が感じられるのは、この上なくうれしいことだった。

メインの一品を出し終えて、ようやくひと息ついた。と、そこに、ひょっこりと香田パティシエが顔をのぞかせた。

「未来ちゃん。……ちょっとええかな」

私と辰野君は、姿勢を正して「おつかれさまです」とあいさつをした。

香田パティシエは、大きな箱を両手で抱えていた。その上に、小さな箱がちょこんと載っている。その両方を、キッチンの作業台の上に、よっこらしょ、と置いた。

「これ、今日のデザートのケーキですか？」

辰野君が訊くと、香田パティシエは、にっこりと笑った。

「大きいほうは、もう少ししたら、メインテーブルに出してほしいねん。今日のパーティーのためのケーキや。で、ちっこいほうは……」

いますぐ開けてほしい、と香田パティシエは言った。

「今日、がんばってくれた君たちへのクリスマスプレゼントや」

私たちは、一瞬、顔を見合わせた。辰野君の目が、開けてみて、と言っている。

私は、小さくうなずいて、箱のふたをそっと開いた。

中から現れたのは——まるっこくて小さなザッハトルテ。粉砂糖で、真っ白にコーティングしてある。まるで、大地に降った粉雪のように。

ケーキのトップには、この街から眺める夜景を写し取ったかのような、きらきら輝く銀色のアラザンがいちめんにちりばめられて。

わあ、と思わず声を上げたのは——私ではなく、辰野君のほうだった。

「きれいや。聖夜の輝きですね」

香田パティシエは、うなずいた。そして、とっておきの秘密をうちあけるように、ひそひそ声で言った。

「『ふたりの聖夜』……このケーキの名前。いま、付けた」

辰野君と私は、もう一度、顔を見合わせた。彼の瞳に、ほんのりと照れくさそうな微笑みが浮かんだ。

メリー・クリスマス。

この街の輝きを、今宵《こよい》、みんなで——そして最後に、ふたりで分かち合おう。

冬のひだまり

ほんのりと薪《まき》が燃えるにおいが漂ってきて、目を覚ます。

小鳥のさえずりは聞こえず、部屋の中はまだ薄暗い。すっぽりと被っていた毛布から腕を伸ばして、サイドテーブルの目覚まし時計をつかみ、目の前に持ってくる。

――六時五分まえ。

まったく、もう。こんな早くからストーブつけて……。

ウールのガウンを羽織り、リビングへと行ってみる。案の定、夫・正臣《まさおみ》さんが、無煙式の薪ストーブの前に陣取って、トングを手にし、ストーブの窓から中をのぞき込んでいる。すでにセーターとスラックスに着替え、白髪が目立つ髪もすっかり整えて、準備万端。まるで会社員時代の日曜日、ゴルフに出かける日の朝に逆戻りしたかのようだ。

「お、は、よ」と声をかけると、

「ああ、おはよう」と応えつつ、振り向きもしない。まったく、もう。

「今日はまた、ずいぶん早起きやねえ。いつもは、あと十分、あと五分、言うて、なかなかおふとんから出はらへんのに」

ほんの少し意地悪に言ってみると、「そら、そうや。今日は特別な日やし」と、やっぱり振り向かずに応える。

「あかねが来るんやからな。なるべく早くストーブ焚《た》いて、部屋をあっためとかんと、風邪でも引かれたら困るやろ」

ほら、きた。あかねのことになると、我が伴侶《はんりょ》は、たちまち甘あまの「じいじ」になってしまうのだ。

「あかねだけと違うやろ。あかねママの由利香《ゆりか》も来るねんし、パパの幸嗣《こうじ》さんも来るんやで」

「わかっとる。せやけど、由利香と幸嗣君は『おまけ』や」

そこでやっと振り向いて、私の顔を見ると、にっと笑いかけて、正臣さんは急に、そらに向かって話し始めた。

「『な、あかね、じいじの薪ストーブ、大好きやろ？』『なあ幸嗣君、君も一緒にストーブ生活せえへんか？』『由利香、ストーブのある暮らし、やっぱりええやろ？』『最新式の薪ストーブやから、環境にもやさしいし』」

それから、私と向かい合って、うれしそうな声で言った。

「……って具合に、あかねとパパママにプレゼンしよう思ってるねん。どうや?」

私は、肩をすくめて、はあ、と苦笑まじりにため息をひとつ。

この街に家を建て、夫婦ふたりで引っ越してきて、初めての冬を迎えた私たち。

「リタイアしたら、ストーブ生活ができる家を建てる」との夢をかなえた我が伴侶。冬がくるのがさぞや待ち遠しかったに違いない。

けれど、夫婦水入らずのストーブ生活——は、実は正臣さんのほんとうの夢ではない。

彼のほんとうの夢。それは、ひとり娘・由利香の家族と、最終的に一緒に暮らすこと。

そう、娘もうらやむような理想の生活を、この街で、まずは自分たちがしてみせて、それから徐々に時間をかけて口説く。

——どうや、こんな生活もええもんやろ? もしもお前たちが一緒に住みたい、言うんなら、お父さんたちはいつでも大歓迎やで。

と、娘に向かっていつでも堂々と言えるように、正臣さんは「理想の生活」の演出に余念がない。

由利香たちが来る日は、早起きしてストーブを焚き、庭木を手入れし、玄関もリビングもすっきりと掃除する。神戸で買ってきたとっておきのコーヒー豆をミルで手挽《てび》きし、ストーブで沸かしたお湯で、まずは一杯、心をこめたコーヒー「正臣スペシャル」をいれる。

さあさあ、飲んでみ、と私に勧め、ひと口飲めば、どや？　うまいか？　ええ味か？　と少年のように目を輝かせて尋ねるのだ。

だから、娘一家が我が家へやってくる日は、私にとっても特別な日。

いつもの朝は、私がコーヒーメーカーでいれる平々凡々なコーヒーで始まるけれど、由利香たちが来るまえに、「正臣スペシャル」の試飲をさせてもらえるんだもの。

「今日のコーヒーは？」

私が訊くと、正臣さんは、にっと笑って、

「今日は特別やで。正臣・ニューイヤースペシャルや」

神戸でひいきにしている焙煎《ばいせん》店で、何種類かの豆を自分で選び、ブレンドしてもらったという。

「これをストーブで沸かしたお湯で飲んだら、かなりうまいはずやで。なんせ、キリマンジャロにコスタリカ、グアテマラもブレンドして……」

「はいはい、わかったわかった。説明はええから、早よ試飲させてほしいな」

「よっしゃ、任せとけ。いますぐいれたる……ってまだお湯沸いてへんやん」

私は、肩をすくめて、苦笑した。

由利香一家が一緒に住む日が来たら……こんなふうに、毎日毎朝、コーヒーをいれてくれるのかな、お父さん。


この街に引っ越してきたのは、去年の春のこと。そして、薪ストーブに火を入れるようになってから、二ヶ月とちょっと。

新居落成の当初、すでになかなかの存在感をかもし出していたストーブだったが、実際に火を入れるようになってから、我が家の主のような存在になった。

初めて「新しい実家」に帰ってきた由利香一家は、わあ、めっちゃすてき、きれいな家やね、広々してる……と、なんだかもじもじしていたのだった。

実は、この家をゆくゆく二世帯住宅に増築して、娘一家と同居したいと目論《もくろ》んでいる正臣さんが、どうや？　いい家やろ？　とそわそわしながら訊いてみたところ、そうやなあ……と由利香は、少々言いにくそうにして、

――なんか、実家と違うみたいで、落ち着かへんなあ。

などと応えたので、正臣さんのがっかりすること……目も当てられない様子だった。

ところが、五歳になった孫のあかねは、リビングの中心にでんと構えたストーブに興味津々。ねえじいじ、これなあに？　とあどけない声で質問されて、待ってました！　とばかりに応えた正臣さん。

――これはなあ、あかね、ストーブおじさん、ゆうねん。いまは春休み中やねんけど、冬になったらな、いっぱいいいっぱい薪のご飯を食べて、めらめら、お腹の中で真っ赤に火が燃えるねんぞ。それで、焼きいもやら、ピザやら、あかねの大好物のおいしいものをいっぱい作ってな、あかねに食べさせてくれるねんで。

それで、あかねはすっかり「ストーブおじさん」が気に入って、ねえまだおじさん寝てるん？　いつになったら起きるん？　と、我が家に来るたび「ストーブおじさん」のご機嫌をうかがうようになった。

そんなわけで、正臣さんは、「将を射んと欲すればまず馬を射よ」とばかりに、娘夫婦を攻略するにはまず孫に気に入られようと、一生懸命なのである。

「こんにちはあ、祐子《ゆうこ》さん。今日は、あかねちゃん来る日やの？」

一月下旬の日曜日、開店直後の「オアシス」のお菓子売り場で、あかねのためのお菓子を物色していると、背後から声をかけられた。振り向くと、「スイート・ホーム」の自称・看板娘、いっこさんが立っている。

「あら、いっこさん、こんにちは。なんでわかったん？」と訊くと、

「そらわかるわ。私も、これからさくらちゃんに会いにいくのに、お菓子買いにここに寄ったんやもん」

そう応えて笑った。いっこさんの手には、私が手にしているのと同じ、かわいいうさぎが描いてあるキャラメルの箱が握られていた。

いっこさんと私は、店内で缶入りホットカフェオレを買って、テラスのテーブル席でおしゃべりすることにした。

私が初めていっこさんと会ったのも、このテラスのテーブル席。この街に引っ越してきたばかりで、まだ知り合いのいなかった私が、「オアシス」の横にある小径の新緑を楽しみながら、ひとり、お茶していると、こんにちは、いいお天気ですね、と気さくに声をかけてきたのがいっこさんだった。

ふたりとも年が近いこともあり、女の子の孫――実際には姪の娘やけどほんまもんの孫みたいやねん、といっこさんは教えてくれた――がいるということもあって、私たちはすぐさま親しくなった。

「で、『ストーブおじさん』の活躍はどう？」

ダウンジャケットのポケットから出した手を、カフェオレの缶であたためながら、いっこさんが訊いてきた。

我が伴侶がストーブを使って孫を取り込み、いずれ娘夫婦をも取り込もうとしている作戦について、すでにいっこさんには打ち明けていた。そして、なかなかええ作戦やないの、とお墨付きを得ていた。

由利香は、我が家に来るたびに「スイート・ホーム」に立ち寄って、おいしいスイーツを買ってきてくれる。あかねと年が近いさくらちゃんのママで、「ほんものの看板娘・陽皆ちゃんとも、すっかり顔なじみになっていた。もちろん「二番目に若い」看板娘・いっこさんとも。

「ええ、ばっちり活躍してますよ。由利香とあかねは、年末年始、一週間くらいうちに泊まっててんけど、毎日、『薪のご飯ですよー』言うて、じいじとストーブに薪くべて、楽しそうにして……」

私の話に、いっこさんは目を細めた。

「ほんまに。それやったら、いまんとこ、作戦の出来は上々、って感じやね」

私は、「うん。それはまあ、そうやねんけど……」と苦笑した。

「由利香は、一度も『一緒に住もう』って言うてくれたことあらへんし……ムコさんも、奥さんの両親と奥さんの実家で同居なんて、実際のところ、どうなんやろ、って、私は思ってるねん」

つい、正直に言ってしまった。

実際、そうだった。ほんとうのところ、由利香がどう思っているのか、わからなかった。

将来の同居の可能性について、私も正臣さんも、由利香と面と向かってきちんと話したことが一度もない。もちろん、由利香の夫の幸嗣さんとも。

正臣さんは、由利香がそうしたい言うたら、幸嗣君かて同意するやろ、彼の実家は和歌山で、ご両親は弟さん夫婦の近くに住んではるんやし……と楽観視しているようだったが、そんな簡単なことではないはずだ。

「でも、この街に家を建てるって決めたとき、いずれ二世帯住宅にするつもりで建築家に設計を頼んだ、言うてたやないの」

いっこさんに言われて、「うん、まあ、そうなんやけど……」とまた、苦笑する。

敷地の大きさに対して、かなりこぢんまりした平屋の住宅を建てたのは、二世帯住宅に増築する――という、正臣さんのドリーム・プランがあってのことだった。

ずいぶん広い庭やねえ、と由利香のほうは、そんなことに気づきもせずに、せっかくやから家庭菜園やらへん？　私も手伝うし、などとのんきなことを言っていた。

いっこさんは、きんと晴れた冬の青空に放たれた木々の梢を眺めながら、

「冬の寒い日、一緒にストーブを囲める家族がいる……って、それ以上の幸せなんてあらへんよ。きっと、由利香ちゃんもおんなじ気持ちやと思う」

そう言った。

そして、結婚後、ご主人とともに長らく暮らしていた函館での思い出を語ってくれた。

十月頃には冬じたくを始める北国、函館。

ご主人といっこさん、ふたり暮らしの家にも小さな薪ストーブがあった。早いときは九月から火をおこし、部屋をあたたかくしたという。

子供がいない夫婦にとって、いっこさんの郷里の関西から、陽皆ちゃんと晴日ちゃん、ふたりの姪っ子たちがやってくるのが何よりの楽しみだったが、特に寒い季節

は、ことのほか待ち遠しかった。

——おじちゃん、おばちゃん、薪ストーブ、つけて！

——なあなあ、今日ね、おばちゃんに、シチュー作ってほしいねん。

姪っ子たちとにぎやかにストーブを囲む。パチンと木がはぜる音、薪が燃えるにおい。鍋の中ではコトコトとシチューが煮えて。そのあたたかさ、なつかしさ。まるで、世界じゅうにある冬のひだまりを、ぜんぶ、自分たちのまわりに集めたかのような。

「正臣さんと祐子さんが、ストーブの前にいて感じてること……由利香ちゃんも幸嗣さんも、それにあかねちゃんも、おんなじように感じてるんと違うかな。気持ちええなあ、あったかいなあ、ずっと、ずうっとここにいたいなあ、って」

そこまで言って、いっこさんは、くしゅん！　とくしゃみをした。

「あ、寒うなってきた？　風邪引いたらあかんね、そろそろ行こか」

私が言うと、

「ううん。なんや、いま、ストーブのにおいがして……煤《すす》が、鼻をくすぐったみたいな気がしてん」

鼻先を指でくしゅくしゅとこすって、笑った。

――なあ、祐子さん。うじうじせんと、思い切って言ってみたらええよ。この家で、ストーブを囲んで一緒に暮らさへん？　って。

母から娘への、プロポーズ。

ああ、ええなあ。なんだかめっちゃ、あったかいなあ。


朝から火を入れたストーブで、家がじゅうぶんにあたたまった昼過ぎ。

「じいじ、ばあば、来たよーっ」

玄関のドアが開いて、元気よくあかねが飛び込んできた。そのあとから、由利香と幸嗣さんが「こんにちはあ」と現れる。

「あかね、元気か。よう来たな」正臣さんが相好を崩すと、

「ストーブおじさん、元気？」その首に抱きついて、あかねがすぐさま言った。

「ああ、めっちゃ元気やで。あかねが来るの、待っとったぞ。薪のご飯、一緒にあげよか」

「うん！」

ふたりして、さっそくリビングに行ってしまった。幸嗣さんも、にこにこしなが

らそのあとについていく。由利香は、コートを脱ぎながら、

「ほんまにもう、あかねったら、このお正月休みで、すっかりストーブおじさんが大好きになってしまったみたいやねん。うちに帰ってからも、ストーブおじさんのことばっかり言ってたわ」

と言った。私は思わずにっこりした。

由利香は、みかん色のロゴが入った箱を差し出して、

「あ、これ、いつものおみやげ。いま、『スイート・ホーム』に寄ってきた」

「ありがとう。すぐ食べたい？」

「うん。すぐ食べたい」

由利香は、いつも自分がお気に入りのスイーツを、「スイート・ホーム」で調達してくるのだ。

リビングを見渡せる対面式のキッチンカウンターに、ケーキ皿とフォークを並べる。箱から出てきたのは、オレンジピールがあしらわれた、チョコレートのロールケーキ。

「わあ、おいしそうやね。なんだか、あったかい感じ」

私が声を上げると、ふふっと笑って由利香が言った。

「うん。『ブッシュ・ド・ノエル』のアレンジ版やねんて。お店に行ったら、いっこさんがいてはって、『これ、お母さんのとこに持っていき。なんとなく薪っぽいやろ？』って……ケーキなのに薪って、ちょっとおもしろいな、って思って」

はっとした。

――母から娘への、プロポーズ。

うじうじせんと、思い切って言ってみたらええよ……と、これはきっと、いっこさんのメッセージなんだ。

そうだ、いま。

いまなら言える。一緒に暮らそう、って。

そう思うと、急に胸がどきどき高鳴ってしまった。まるで、ほんとうにプロポーズする瞬間みたいに。

すると、由利香が、ケーキをひとつひとつ、お皿に載せながら、

「ねえ、お母さん。……私、ちょっと考えてることがあって」

お父さんに聞こえないように――なのか、ひそひそ声で言った。

「来年、あかね、一年生でしょ？　もし、よかったら……この街の小学校に通わせたいって思ってるねん。実は、もう、幸嗣さんとも相談して、もちろんええよ、っ

て」

私は、顔を上げて、由利香の顔を見た。

由利香は、ほんの少し、照れくさそうに微笑んだ。

「あかね、ストーブおじさんと一緒にいたいんやて。ずっと、ずうっと」

——私たち、この家で暮らしてもいい？

思いがけない、娘から母への、プロポーズ。

パチン、と木がはぜる音。ストーブの中で薪が燃える、なつかしいにおい。

世界じゅうの冬のひだまりが、その日、私たちの家の中に集まっていた。

幸福の木

私の朝は、小さな白いじょうろで鉢植えのグリーンに水やりすることで始まる。東向きのリビングは、朝がいちばん気持ちいい。真冬でも、さんさんと輝く朝日がフローリングの床に差し込んでくる。

部屋のあちこちに置いている観葉植物。パキラ、モンステラ、ユッカ、アイビー。それに「幸福の木」。

ほんとうは、ドラセナ・ナントカカントカ、という長い名前の植物らしいけど、きっと誰も覚えられないから、通称「幸福の木」になったんと違うかなあ、と、夫の涼《りょう》太《た》が言っていた。

すっと伸びた幹、そこからまたすうっ、すうっと緑の葉がまっすぐに伸びている。これが幸福のかたち？　いやいや、そうやないやろ、幸せってもっとまるっこいかたちなんと違う？　と突っ込みたくなってしまうのだが、この新居の完成記念にと、涼太が買ってきてくれた「記念樹」だから、そこはまあ、目をつぶるとして。

そうなのだ。バラの花束とか、かわいいアレンジメントとか、そういう気のきいたものじゃなくて、直球勝負で「幸福の木」。そういうところが涼太らしくもあり、なんだかおかしくて、うれしかった。

キッチンのカウンターで、コーヒーをひとりぶん、いれる。ゆっくり、ゆっくり、ドリッパーにお湯を注いで。コーヒーの香りが、ふんわり、立ち上る。

ずっとコーヒーメーカーを使ってきたんだけど、去年の夏に、この街の新居に引っ越してきてから、涼太とふたりで決めた。一杯一杯、ていねいに、ドリップでコーヒーをいれようと。

たかがコーヒー一杯、たいしたことじゃないかもしれない。だけど年がら年中、忙しい忙しいと飛び回っている私たちにとっては、けっこう大きな変化だった。

それもこれも、この街に引っ越してきて、夫婦ふたりで話し合って決めたことなのだ。

これからは、ていねいな暮らしをしよう。ちょっと面倒くさいなあ、と感じられることでも、できる限り、お互いに協力して、ひとつひとつこなしていこう——と。

たとえば洗濯するのにも、やわらかなラベンダーの香りの洗剤を使ったり。

たとえば週末には、ルーから手作りしたシチューをことこと煮込んだり。

たとえば何かの記念日じゃない日にも、ダイニングテーブルには季節の花を飾ったり。

そういう暮らしを、しよう。

そんなふうに決めて、私たちは、この街で、この家で、新しい生活を始めた。

結婚して十年。カメラマンの涼太と、グラフィックデザイナーの私は、それぞれの事務所を構え、それぞれに多忙をきわめて、ずっとすれ違いの生活を送ってきた。

正直、こんなにすれ違ってばかりじゃ結婚した意味ないじゃない？　と不満に思ったことは何度もあった。私だけじゃない。きっと、涼太もそうだったと思う。

もちろん、好きな仕事を続けられて、それで生活できているのは幸せには違いないんだけど。

涼太はいつも撮影で、全国各地、世界じゅうを旅して回っている。私は、入稿のしめきりに追われて、気がつくと終電を逃して、結局そのまま事務所のソファで仮眠を取って、翌朝起きてまた仕事をする……というのが日常的になってしまっていた。

このままじゃ私たち、ほんとうにまずい。

そんなふうに思い始めた矢先、涼太が言い出した。

なあ、おれたち、暮らし方変えてみいへんか？

どんなに忙しくても、帰りたいなあ、思える家、作らへんか？

どっちかが仕事で帰ってこられへんでも、どっちかが帰りを待ってる。そんな家を。


――そうして、私たちはこの街に出会った。

この街に家を建て、こんな暮らしがしてみたかったんや！　と思える暮らしを始めることにした。

そんなこんなで、半年が経つ。夢に描いた、ていねいな暮らし――を実践している。


少なくとも、私は。

涼太は、あいかわらず撮影で飛び回る日々。もちろん、この家に帰ってくるけれど、月の半分以上はやっぱり留守にしている。

私は、どんなに忙しくても、絶対に終電に間に合うようにして、毎日ここへと帰り着く。

そして、たとえ涼太がいなくても、寝るまえにはバスルームで半身浴して、アロマポットにラベンダーオイルをたらして。朝は、たとえひとりぶんでも、ゆっくり

ゆっくり、ドリップコーヒーをいれて。朝日の差し込むリビングで、幸福の木に水やりをする。

そんな毎日。


涼太がオーストラリアへ撮影に出かけていた週末の午前中。

ピンポーン、とインターフォンの呼び出し音が鳴った。画面に映っているのは、見知らぬ男女。

『はじめまして、隣に越してきた明野と申します』

ドアの向こうに現れたのは、明野真さんと晴日さん夫妻。一見して私と同世代、笑顔がとてもチャーミングな晴日さんは、みかん色のロゴが入った小さな箱を差し出して、「今日からよろしくお願いします」と、ていねいに頭を下げた。

私は、あいさつを返すよりもさきに、わあっ、と思わず声を上げてしまった。

「『スイート・ホーム』のお菓子ですね。ありがとうございます」

みかん色のロゴが入った箱は、この街ではおなじみ、おいしいスイーツのシンボル。スイーツショップ「スイート・ホーム」の箱だった。

「あ、ご存じなんですね」

晴日さんが、どことなくうれしそうに言った。

「もちろん。大好きです。週末にはよく行くんですよ。あのお店、カフェもあるでしょ？　テイクアウトのつもりで買ったのに、がまんできんと、やっぱりカフェでお茶していきます、って、その場で食べて帰ることもあったりして」

私が応えると、晴日さんと真さんは、お互いの顔を見て、にっこりと笑い合った。

「あのお店、妻の実家なんです」

真さんが言った。

私は、「え、ほんまに？」とびっくり。晴日さんは「ほんまです」と、いっそううれしそうな表情になった。

晴日さんは、一年半まえに結婚して西宮に住んでいたが、ご実家のあるこの街に帰ってきた。なるべく早くこの街に家を建てたいと計画して、このたび実現、それが我が家のお隣だった。

「わ、なんだかすてき。ご実家が『スイート・ホーム』って、なんだか名前そのまんまですね」

なんとなくわくわくした気分で私が言うと、

「はい。ほんまに、名前そのままです。実家に帰るたびに、あ、ほんまにここってスイート・ホームなんやなあ、って思うんですよ」

そう応えて、晴日さんは微笑んだ。

「ほんなら、今度はおふたりのスイート・ホームを作らはったんですね」

私の言葉に、晴日さんは肩をすくめた。

「はい。もうすぐ、私たちのスイート・ホームに、三人目のメンバーが加わる予定です」

そして、ふっくらしたお腹を両手でそっとなでた。


チリンチリン、とドアベルを鳴らして、甘い香りがいっぱいの「スイート・ホーム」の店内へ入っていく。

「あ、明日香《あすか》さん。いらっしゃーい」

色とりどりのケーキが並んだショーケースの向こうに、晴日さんが立っていた。

私は、「あれっ、晴日さん、ここにいたんや」と声を上げた。

「きのうの夜、涼太が帰ってきたから、さっきごあいさつに伺ってんけど……」

晴日さんがお隣に引っ越してきて、ひと月が経っていた。その間、涼太は海外ロケがずっと続いて、なかなか我が家に戻らず、たまに戻ってきてもまたすぐ出かける、という状態。いまではすっかり私の仲良しになった晴日さんに、なんとかあいさつしてほしくて、タイミングを見計らっていたのだが、なかなか顔を合わせることがままならない。

「そうやったんやね。ほな、ここへ一緒に来はらへん？　私、今日は店番で、一日いてるし」

晴日さんは西宮の会社に勤めているのだが、引っ越しを機に早めの産休に入ったということだった。それで、ときどきご実家に手伝いにきているらしい。

「スイート・ホーム」には看板娘が三人いる。晴日さんのお母さんと、おばさんのいっこさんと、お姉さんの陽皆さん。そこに四人目の看板娘がカムバックして、ますますにぎやかになっているようだ。

涼太と私がこの街で暮らし始めたばかりの頃、ふたりでこのお店を訪ねたことがある。晴日さんのお父さんの香田パティシエと、お母さんと、いっこさんが、にこやかに迎えてくださった。

そして、お近づきに——と、帰りがけにケーキをふたつ、いただいた。その名も

「幸福の木」。

とある常連客が、親しい人の新居の完成記念にケーキを贈りたいんだけど、とパティシエに相談したのがきっかけで創作したものだという。とても評判だったので、ときどき作るんですよ、とパティシエがにこやかに教えてくれた。

コーヒークリームでコーティングされたケーキに、グリーンのピスタチオをあざやかにトッピング。小さな幸せを分けてもらったようで、私はうれしかった。涼太も、ほんのり、うれしそうだった。

私たちは、家に帰って、コーヒーをいれ、リビングに置いた「幸福の木」のそばで、ケーキをいただいた。ちょっぴりほろ苦く、やわらかに甘く、おいしかった。

夢にまで見た夫婦ふたりのおだやかな休日。あんな週末を、これからはずっと過ごせると思っていたのに――。

「一緒に来たかってんけど、実はもう、次の撮影に行ってしまって……ほんまに、なかなか落ち着いてくれへんのよ」

私は、ため息まじりに言った。

「晴日さんと真さん、早よ紹介したいのになあ。お隣やのに、こんなに距離があるなんて……」

なんだかさびしいな、と言いかけて、あわててのみ込んだ。

「大丈夫、大丈夫。私たち逃げへんし、いつでも涼太さんのご都合のええときに会おうよ」

晴日さんが言った。私は「ほんまに、ごめんね」と、しょんぼりしてしまった。

晴日さんは、にこっと笑って、

「そうそう、今日はパティシエ自慢のモンブランがありますよ。超お勧めやし、涼太さんにおひとついかが？　ほかにも、フルーツ満載のタルトとか……」

看板娘らしく、本日のスペシャリテをていねいに教えてくれた。私は、勧められるままに、モンブランをふたつ、フルーツタルトをふたつ、買った。

今日からまたしばらく、涼太は帰ってこない。けれど、涼太のぶんもケーキを買いたかった。どうしても。


それから十日後、土曜日の午前中。

金曜日の夜に大阪国際空港に帰着した涼太は、そのまま我が家へ帰ってくるはずだった。けれど、結局、留守中の残務を片付けるために、大阪の事務所に立ち寄って、そのまま事務所泊まり。いったい何時に帰宅するかわからない。はーあ、またか……と私は、特大のため息。

今日こそは、晴日さんと真さんに紹介したかったのに。

その日、晴日さんは朝から「スイート・ホーム」を手伝いにいく予定とのことだったので、じゃあお昼頃に涼太と一緒にお店に行くね、と約束をしていた。真さんもそこに合流して、お昼休みに一緒にランチ——という段取りで、それは涼太にもメールで伝えていた。

晴日さんのご実家が「スイート・ホーム」だということは、もちろん涼太にはとっくに話したし、じゃあ一緒にケーキ買いにいかんとあかんな、とうれしそうだった。スイーツが大好物の涼太は、もちろん「スイート・ホーム」の大ファンなのだ。

約束の時間ぎりぎりまで待ったが、涼太からの連絡はこなかった。たぶん徹夜して、ぐっすり眠っているのだろう。しかたない、とあきらめて、私は晴日さんにメールを送った。

涼太は残業で、昨夜帰ってきませんでした。いままで待っていたんだけど、連絡なし。そんなわけで、今日のランチはキャンセルさせてください。ほんとうにごめんなさい。夕方頃には戻ると思うので、晴日さんが帰宅する頃に、今度こそ、ごあいさつに伺っていいですか？

十分後に、晴日さんから返信がきた。

もちろん、大丈夫ですよ。真君、もうこっちに来てるので、言っておきました。お気になさらず！

スーパー内にある料理教室「オアシスキッチン」に通い、毎日真さんのために夕食を準備して待っている晴日さん。いつも週末は晴日さんと一緒に過ごす真さん。絵に描いたようなすてきなカップル。ほんのり、うらやましかった。

ていねいな暮らしをしよう。そのために、この街に引っ越そう。

涼太と私、ふたりでそう決めたのに……そして私は、できる限りそうしようと努力しているつもりなのに。

もちろん、涼太だって、そうしたいに違いない。私との新しい暮らしを、大切に思ってくれているに違いない。だけど、撮影の仕事もきっと同じくらい大切なのだ。

子供の頃からカメラが大好きで、いつかカメラマンになって世界じゅうを旅するのが、涼太の夢だった。それを実現したいま、どれほど涼太が一生懸命か、私が誰よりも知っている。

私だって同じだ。高校生の頃から、グラフィックデザインに興味があって、美大のデザイン科を卒業して、デザイン事務所に勤めて、いつか自分の事務所を開くのが夢だった。それがかなったうえに、涼太と結婚して、理想の家まで建てて。

――これ以上の幸福ってあるだろうか。

ふと、涙がこみ上げた。

そう。たとえ一緒にいる時間が短くても、私は涼太のことをこんなに思っている。きっと、涼太も同じなんだ。

そう思いたい――。

と、メールの着信音が鳴った。私は、はっとして、手元のスマートフォンを見た。

――晴日さんからだ。

P.S. もうすぐ届きますよ、「幸福の木」が。

私は、首をかしげた。

……幸福の木？

ピンポーン、とインターフォンの呼び出し音が鳴り響いた。私は、あわてて目をこすると、リビングのインターフォンの画面を見た。

そこに映っていたのは、涼太だった。

私は驚いて、通話ボタンを押し、「涼太？」と呼びかけた。画面の涼太が、たちまち笑顔になった。

『ただいま。遅くなってごめんな。ちょっと寄り道しとって……』

そう言って、涼太は、みかん色のロゴが入った箱を掲げてみせた。

『これ、晴日さんと真さんから。……めっちゃ、すてきな人たちやな』

あ……と私は、思わず微笑んだ。

開かなくても、わかったから。

箱の中には、「幸福の木」がふたつ、仲よく肩を並べて入っているはずだ、って。

いちばんめの季節

四つの季節の、いちばんめの季節。それは、春。

四季の初めは、絶対に春。でも、それって、なんでなんだろう？

と、どうでもいいような、めっちゃくだらないことを思い浮かべながら、セーターを着て、ハイソックスをはく。

ほんとうは、一歩足を前に出すたびに、英語の構文がこぼれ出そうだったし、まばたきしただけで、古文の重要語句がチラつく感じ。

ああ、ヤバい。なんだかもう、頭も心も、いっぱいいっぱいで……。

そんなとき、わざと関係ないことを考えてみる……ことにしている。できるだけ、英語にも古文にも世界史にも関係ない、どうでもいい、くだらないことを。

四つある季節の、いちばんめの季節、それは何？

それは、春。

春は、くる。きっとくる。私のところにも。

そう信じて、あとは、突破するのみ。

「よっしゃあ……がんばるぞっ」

小さく声に出して、言ってみる。ニット帽を被り、マフラーを首に巻いて、マスクを装着。いざ、出陣！

そう、今日は、第一志望の大学の二次試験の日。

一年浪人して、がんばってがんばって、ついにこの日を迎えたのだ。

二階の自分の部屋から、階段をとんとんとん、と下りて、玄関に行く。と、待ち構えたみたいに、お母さんがそこに立っていた。

「由芽、準備はオッケー？　忘れ物あらへん？」

さりげなく訊いてきた。だけど、見るからにそわそわしている。私は、なんとなくおかしくなって、

「お母さん、なんかそわそわしてるし」

笑いながら言った。

お母さんは、「そう？」と苦笑して、

「平常心、平常心。大丈夫、大丈夫」

自分に言い聞かせるようにつぶやくので、いっそうおかしくなった。

玄関でムートンのブーツをはく。それから、どことなく緊張気味のお母さんに向かって、

「ねえ。四季のいちばんめの季節って、どうして春なんかな？」

今朝、何気なく浮かんだどうでもいいことを、投げかけてみた。

お母さんは、一瞬、きょとんとした。でも、それからすぐに、応えた。

「だって、いろんなことが始まる季節やから……と、ちゃうかな？」

うわっ、ストレートな答え。だけど、深く納得。

「そっか。うん、そやね。いろんなことが、始まる季節……」

と、今度は私が、自分に言い聞かせるみたいにつぶやいて、

「春は、くるかな？」

と、訊いてみた。

なんとなく照れくさくて、お母さんの目を見ずに……だったけど。

「うん。もちろん。春は、くるよ」

きっぱりとした声がした。私は、顔を上げてお母さんを見た。

さっきまでのそわそわしたお母さんは、もうそこにはいなかった。やさしい目を私に向けて、お母さんは言った。

「由芽。今日は、せいいっぱい、がんばってな。それで、思う存分、由芽だけの『いま』を、楽しんどいで」

いちばんめの季節は、もう、そこまできてる。

悔いが残らないように、力を出し切って、めっちゃ楽しい！　と思えるくらいに走り抜いて……。

それで、ぜーんぶ終わって、すっきりして、帰っておいで。

そうして、お母さんは、私の背中を、ぽん、と勢いよく叩いて、送り出してくれたのだった。

チリンチリン。

ベルを鳴らして、みかん色で「Sweet Home」のロゴが描かれているドアを開け、お店の中へ入っていく。

「あ、由芽ちゃん。いらっしゃーい」

色とりどりのケーキが並ぶショーケースの向こうから、明るく声をかけてきたのは陽皆さんだ。

「あ、由芽ちゃん」

「お疲れさまー」

「元気？」

次々に声がした。

お店の奥にあるカフェスペースのほうを向くと、この街の住人の皆さん——アメリカ人のエマさん、料理教室の未来先生、グラフィックデザイナーの明日香さんが、揃ってティータイムの真っ最中。

三人とも、「スイート・ホーム」の常連さんで、私もお母さんも、ときどき一緒にお茶することがある。とってもすてきなお姉さんたちだ。

エマさんには、英語の長文読解の問題で、どうしてもわからないところを教えてもらったりもした。「えらいなあ、由芽ちゃん。こんなめっちゃ難しい英語、アメリカ人にもわからへんわ」などと言われて、大笑いしてしまったり。

私は、「こんにちは」と頭を下げた。それから、重大発表、とばかりに、ショーケースの前にきちんと背筋を伸ばして立つと、

「本日、二次試験、どうにかこうにか終了しましたあ」

と、言った。とたんに、わっ！　と拍手が起こった。

「お疲れ、由芽ちゃん。ようがんばったねえ」と明日香さん。

「どやった？　難しかった？　うまくいった？」と未来先生。

「英語の長文読解は、ヤマがあたりましたか？」とエマさん。

「えーっと、まだ終わったばっかりやし、ノーコメントです」

私は苦笑して応えた。実際、全部の力を出し切って、フルマラソンを完走したアスリートの気分……なあんて、マラソンしたことないけど、たぶん、こんな感じに違いない。

「家にはいっぺん帰ってから来たん？」

陽皆さんの問いに、私は首を横に振った。

「なんか、あんまり疲れちゃったんで……自分にごほうび、て思て、ケーキをいただいていこかなあ、なんて……」

陽皆さんの目が、やさしく微笑んだ。

「ほな、がんばった由芽ちゃんにごほうび。好きなケーキ、ひとつ、ごちそうするし、選んで」

えっ、と私は、あわてて目の前で手を振って、

「いや、いいです、そんな……」

「遠慮せんと、ほら。どれがいい？」

「いや、でも……」

「それやったら、私もごちそうしたげるし。さ、選んで、由芽ちゃん」

エマさんが立ち上がって、私の隣に来ると、そう言った。

未来先生と明日香さんも、続いて隣へやってくると、

「ほな、私にもごちそうさせて。このイチゴのタルトにしよっか」

「私かて、ごちそうしたいし。由芽ちゃん、こっちの抹茶のシフォンケーキ、大人の味やで」

口々に言う。

私は、予想もしなかったお姉さんがたの「ごちそうするわ」攻撃に、思わず、あわわ、となってしまった。

「あ、ありがとうございます。でも、そんなにいっぱい、食べられへんし……」

「ええから、ええから。あ、そや、由芽ちゃんのお母さんも呼んで、みんなで『由芽ちゃんお疲れさん会』しいひん？　お母さん、きっと由芽ちゃんの帰りを待ってはるやろ」

未来先生が言うと、「賛成！」「グッド・アイデア！」と、明日香さんとエマさん

が口を揃えた。

すぐに、未来先生がお母さんにメールを送った。そして、十分も経たないうちに、スプリングコートを羽織ったお母さんが、自転車に乗って、お店に到着。チリンチリン、ドアベルを鳴らして、「こんにちはあ」と、入ってきた。

すでに、テーブルの上には色とりどりのケーキがずらりと並んでいた。お母さんは、それを見て、「わ、お花畑みたいやね」と、うれしそうな声を上げた。

「由芽ちゃん応援隊の皆さんが、がんばった由芽ちゃんのために買うてくれはりました」

陽皆さんが、にこやかに言った。

お母さんに言われて、ありがとうございます。……よかったね、由芽」

「ほんまに、ありがとうございます。……よかったね、由芽」

お母さんに言われて、私は、うなずいた。そして、ぺこりと頭を下げた。

「ほんとのこと言うたら、ここに来るまで、ずうっと緊張が続いててんけど……なんだか、ほっとしました。皆さんにお会いして……それに……」

お母さんの顔を見て——と付け加えたかったが、なんだか照れくさく、やめておいた。

私たちは、にぎやかにケーキの並んだテーブルを囲んだ。奥の厨房から、白いパ

ティシエ帽を被った陽皆さんのお父さん、香田パティシエが顔を出して、

「おお、ずいぶんにぎやかやな。由芽ちゃん、受験お疲れさま」

と、声をかけてくれた。どうやら、陽皆さんに、私が試験を終えたことを聞かされたようだ。

「どうやった？」

と訊かれて、私は肩をすくめた。

「わかりません。……でも、思いっきり、力の全部、ぶつけてきました」

そうか、と香田パティシエは、おだやかな笑みを浮かべた。

「ほんなら、それがいちばんやないか。……ようがんばったな、由芽ちゃん」

そして、「はい、これ」と私に、みかん色のリボンを結んだ白い小箱を手渡した。

「今年のホワイトデーのために作ったクッキーや。ちょっと早いけど、持って帰り」

わあ、と私は、思わず声を上げた。すると、

「ありがとうございます。お気遣いいただいて……」

私よりもさきにお母さんがお礼を言った。

「わ。うらやましい。パティシエからホワイトデーのクッキーを直接渡されるなんて、由芽ちゃん、ええなあ。どんなクッキー？」

未来先生は、箱の中身に興味津々だ。

「辰野君にもろたらええやないの」

と、最近彼と一緒に暮らし始めたという未来先生に、エマさんが鋭いツッコミ。

「私も、バレンタインデーのお返しは『スイート・ホーム』のクッキーがええな、って、涼太に言ってみようかな」

と、明日香さんがにんまり。

「で、合格発表はいつや?」

香田パティシエが、さりげなく訊いた。私は、どきっとしたが、

「二週間後……です」

と応えた。

一年まえ、インターネットではなく、わざわざ大学の掲示板を見にいった。結果は――ああ、もう、ほんとに……がっかり、だった。

でも、もう一度奮起して、あの日から、ずっとずっと、ひたすら走ってきた。

そして、今日――全部の力を出し切った。

二週間後、どうなっているかわからない。

だけど、悔いはない。思いっきり、走り抜いたから。

ふわっとコーヒーの香りが鼻先をかすめた。トレイにコーヒーカップを五つ載せて、「スイート・ホーム」の「二番目に若い看板娘」、いっこさんが現れた。

「さあさあ、コーヒーのおかわりをいれましたよ。あっついうちに飲んでな。由芽ちゃんはカフェオレやったね。さ、どうぞ」

花畑のようなケーキの数々と、香ばしいコーヒーと、あったかいカフェオレと。にぎやかなお姉さんたちと、やさしい笑顔の香田パティシエと、ようやくほっとしているお母さんに囲まれて。

その日、私は、なんだかとっても心地よく、楽しく、うれしかった。

二週間後。

ほんのりとかすみがかった水色の空に、小さなつぼみをいっぱいにつけた桜の枝が、そよ風に吹かれてかすかに揺れている。

その下を、ウールのパーカのポケットに手を突っ込んで、私はひとり、歩いてゆく。

ポケットの中で握りしめていたスマートフォンから、メールの着信音が聞こえた。

取り出して、画面を確認する。
――お母さんからだ。

由芽、いまどこらへん？

私は、すぐに返事を打った。

バス停で降りたとこ。もうすぐ着くよ。

送信すると、またすぐに着信音。

了解。実はね、今日、「スイート・ホーム」に、秋子さんと、いっこさんと、陽皆ちゃんと、晴日ちゃん、なんと、看板娘、四人勢揃い！　さくらちゃんもお手伝いに来てくれたのよ。もちろん香田パティシエも。みんなで、由芽の帰りを待ちわびてます。

画面をみつめながら、私は、顔をほころばせた。

そう、今日こそは、運命の日。——第一志望の大学の、合格発表の日だった。

去年と同じく、私は、たったひとりで、大学の掲示板を見に出かけた。

家を出てから、掲示板の前にたどり着くまで、どきどきどきどき、心臓が飛び出しそうな勢いで高鳴っていた。

去年みたいに、何度見ても、私の受験番号がなかったらどうしよう。

弱気な私が頭をもたげて、「ダメだったときの対策案」を、あれこれ考え始めた。

もしダメだったら、お母さんにメールして、ごめんってあやまって、それで……。

考えれば考えるほど、どうしたらいいかわからなくなって、ちょっと待ってよ、まだ結果見てないやん、と思い直して、足ががくがくして、その場にへたり込んでしまいそうなのを必死にこらえて、こんなんだったらネットでチェックすればよかった、と思いつつ、どうにかこうにか、掲示板の前にたどり着いた。

私の番号、私の番号、番号、番号……。

どきどき、どきどき、どきどき、どきどき、全身に心臓の音が鳴り響いて、そして……。

……あ──。

「あった───っ!」

思わず、叫んだ。近くにいた知らない受験生と、やった、やった! と叫びながら、一緒になって飛び跳ねた。

すぐにお母さんにメールした。合格したよ、と打って、送信……の直前に、打ち直した。

春がきました!

「送信」ボタンを押した。と、びっくりするくらいすぐに、メールが返ってきた。

いちばんめの季節の到来、おめでとう!

そして、いま。
私は、「スイート・ホーム」に向かっている。

スキップしてしまいそうなほどに軽やかな足取りで。ちょっと冷たい春風が、ほてった頬に心地よい。

お母さんからの「由芽合格」の一報を受けて、香田さん一家が、急きょお祝いのスイーツパーティーを開いてくれることになったのだ。

バス停から、キンモクセイの木があるお店までの道のり。駆け出したくなる気持ちを抑え、ゆっくり、ゆっくり、確かめるように歩いていく。

あの角を曲がれば、ほんのりと、バニラの香りが漂ってくるはずだ。

きらきらした宝石みたいなスイーツ、大好きなケーキの花が咲く「スイート・ホーム」は、もうすぐそこにある。

ポケットの中で、スマートフォンのメールの着信音が鳴った。取り出して、画面を見ると、お母さんからの写真付きメール。

由芽、もうすぐ着くかな？
なんだか、待ち切れなくて。

香田パティシエが、由芽のために作ってくれたケーキ。「プリマヴェーラ」（春の女神）の写真、送ります。

写真に写っているのは、ほんものの桜の花をトッピングした、ほんのり桜色のレアチーズケーキ。

私は、思わず微笑んだ。

春の女神が舞い降りた、いちばんめの季節。

すべてが新しく始まる春が、すぐそこまできていた。

解説

瀧　晴巳

家族というのは不思議なものだ。

いつの間にか、思いがけないところが似ていたりする。

表題作「スイート・ホーム」の主人公・香田陽皆《こうだひな》の場合、それはお見送りのスタイルだった。五百円のキャンドルホルダーを買ってくれたお客さんに対しても、わざわざ店頭まで出ていき、見えなくなるまでお見送りをする。ていねいすぎるほどのそれはマドレーヌをひとつ買ってくれた常連さんを、わざわざ厨房《ちゅうぼう》から出てきて、店の前でお見送りをするパティシエの父親のスタイルそのままだった。

おそらく真似《まね》しようとか見習おうとか頭で考えて、そうしているわけではない。家族が当たり前にしていることを見るともなしに見ているうちに、呼吸するみたいに身についていたちょっとした仕草やたたずまいがある。

個性と呼ぶにはあまりにささやかで、自然とやっていることだから、本人はとりたてて意識もせず、気づかずにいること。でも迷った時、答えが見つからない時、その人を底から支えてくれるのは、もしかしたらそういう日々のなにげない習慣のようなものなのかもしれない。

28歳の陽皆は、進学にしても、就職にしても、無難な選択ばかりしてきた気がしている。OL生活になじめず、4年で退職したものの、次に何をしたらいいのか考えてもなかなか結論が出せなかった。妹の晴日《はるひ》にまで「お姉ちゃんは優柔不断やねん。自分ってもんがないし。そやからモテへんのよ」と言われる始末だ。

自分がない——。

飛び抜けた個性やこれと言った特技がないことが陽皆の目下の悩みであり、それこそ口にしたら「なあんだ。そんなこと」と鼻で笑われてしまいそうだ。悩みに悩んだ彼女が梅田《うめだ》の地下街にある雑貨店の契約社員になったのは、ていねいに接客する両親の背中を見てきたからだった。そして彼女に恋の扉を開いてくれるのも、急ごしらえの個性なんかではなく、歳月に育まれてきたささやかな習慣なのである。

父親は、宝塚《たからづか》のホテルでパティシエとして長らく働いた後、自宅を改築してケーキ店「スイート・ホーム」を開いた。自称「スイート・ホームの看板娘」の母親は、そんな父親を手伝って店を切り盛りしている。家族のシンボルツリーはキンモクセイ。毎年秋になると、咲きこぼれる花の下で家族写真を撮る。繰り返す歳月の記憶は、絵に描いたような幸せの風景そのものだ。

緑ゆたかな郊外型のニュータウンを舞台にしたこの連作短編集は、原田マハの近年のアート小説を読んできた読者にとっては、いささかテイストの異なる作品であるに違いない。そもそも宝塚という街自体が、どこか懐かしい桃源郷のような雰囲気を持っている。宝塚歌劇のファンなら劇場へと続く花の道を思い浮かべるかもしれないし、食いしん坊なら宝塚ホテルのクラシックなケーキを連想するかもしれない。岡山で育ち、兵庫県西宮《にしのみや》市にある大学に進学した著者にとっても、宝塚は憧《あこが》れの街であったらしい。学生時代を阪神間で送った著者には、これまで神戸を舞台にした恋愛小説『おいしい水』や阪神・淡路大震災を描いた『翔ぶ少女』などの著書がある。そして『スイート・ホーム』では、愚直なまでの誠実さが親から子に受け継がれ、報われる瞬間が、てらいなく、真っ直ぐに描かれている。家族の幸福をシンプルに思い描くことが困難な時代に、著者がひとつの願いごととして描いたような本作は、ケーキさながら、どこまでも甘くやさしい。

「あしたのレシピ」で母親と同じ料理研究家の道を選んだ未来《みき》も、レシピで悩んだ時は、母に倣《なら》って「初心に戻る」ことにしている。

あしたのレシピに行き詰まったら、今は亡きお父さんのことを思い出そう。お父さんやったら、何が食べたいかな——そう考えること。ままならない片思いに泣きたい日も、それが前を向く術《すべ》になる。

料理研究家として知名度のある母親のレシピには、決して華々しいメニューはないし、忙しい主婦のための「手抜き料理」なるものも教えない。ていねいに下ごしらえをし、だしを取り、ひたすらやさしい味に仕上げる。

香田家のケーキと同じ。マーケティングとも流行とも無縁の美味《おい》しさは、いつの頃からか絶滅危惧《きぐ》種の贅沢《ぜいたく》品になってしまった。現実は甘くない、こんなにうまくいくはずがない。ついそう言いたくなるけれど、長年連れ添った伴侶《はんりょ》を亡くした、いっこおばちゃんが香田家にやってくる「希望のギフト」を読みながら「待てよ」と思う。

子どもの頃、当たり前にあった家族の風景は、今はもうない。時が経ち、失われたあれは一体何だったんだろう。そうなって初めて気づく。〈家族〉という共同体自体が、いつかは消えてしまう夢そのものなのだと。そして、人はまた新しい家族をつくる。それが簡単じゃないことも、大人になれば、よくわかってくる。繰り返す営みの、なんてはかなく、美しいことか。

誰かとめぐりあい、歳月を重ねていこうと決めること、それは誰にでも起こりえる「奇跡」なのだ。だから人は「もしかしたら」と願わずにいられない。

赤い屋根、クリーム色の壁、漂ってくる甘い香り。私が欲しい幸福はここまで完璧じゃなくていいけれど、人は誰も帰りたい場所を探しながら歩いていくから。どこまでも甘くやさしい『スイート・ホーム』という小説は、誰かと家族になろうと夢見る瞬間とたぶん地続きなのだ。

（ライター）

本書は、二〇一八年三月にポプラ社より刊行されました。

スイート・ホーム

原田マハ

2022年4月 5 日　第1刷発行
2023年1月21日　第7刷

発行者　千葉 均
発行所　株式会社ポプラ社
〒102-8519　東京都千代田区麹町4-2-6
ホームページ　www.poplar.co.jp
フォーマットデザイン　bookwall
組版・校閲　株式会社鷗来堂
印刷・製本　中央精版印刷株式会社

N.D.C.913/260p/15cm　ISBN978-4-591-17364-0

P8101445

ポプラ文庫好評既刊

翔ぶ少女

原田マハ

1995年、神戸市長田区。震災で両親を失った小学一年生の丹華は、兄の逸騎、妹の燦空とともに、医師のゼロ先生こと佐元良是朗に助けられた。復興へと歩む町で、少しずつ絆を育んでいく四人を待ち受けていたのは、思いがけない出来事だった——。絶望の先にある希望を温かく謳いあげる感動作。解説／最相葉月

ギフト

原田マハ

もやもやとした気持ちを抱いて私は旅に出る（「この風がやんだら」）。大学時代の親友の結婚式へ向かう特別な近道（「コスモス畑を横切って」）。海外留学の前夜、桜並木の下を父親と歩く（「そのひとひらを」）。エニシダの枝に飾られた、彼からのメッセージ（「花、ひとつぶ」）。慌ただしい日常の中に潜む小さな幸せを描き出す、心温まる20の物語《ギフト》。母と娘の切ない絆を描いた短編「ながれぼし」を併録。

ポプラ文庫好評既刊

東京ホタル

原田マハ
中村航ほか

学生時代の恋人と二人で歩く夜に、祖父と同居しはじめた春休みに、2021年の皆既月食に、時をつなぐ邂逅に、音信不通だった母親と巡りあった日に――人気作家陣が紡ぐ東京の新たな〝原風景〟。切なく温かな涙がこぼれる5つの「再会」の物語。

ビオレタ

寺地はるな

婚約者から突然別れを告げられた田中妙は、ひょんなことから雑貨屋「ビオレタ」で働くことになる。そこは「棺桶」なる美しい箱を売る、少々風変わりな店だった……。人生を自分の足で歩くことの豊かさをユーモラスに描き出す、心にしみる物語。第4回ポプラ社小説新人賞受賞作。

四十九日のレシピ

伊吹有喜

ポプラ文庫好評既刊

初恋料理教室

藤野恵美

京都の路地に佇む大正時代の町屋長屋。どこか謎めいた老婦人が営む「男子限定」の料理教室には、恋に奥手な建築家の卵に性別不詳の大学生、昔気質の職人など、事情を抱える生徒が集う。人々との繋がりとおいしい料理が、心の空腹を温かく満たす連作短編集。特製レシピも収録！

ポプラ文庫好評既刊

はつ恋

村山由佳

南房総の海沿いの町で、古い日本家屋に愛猫と暮らす小説家のハナ。二度の離婚をへて、人生の後半をひとりで生きようとしたときに巡り合ったのは、幼少期を姉弟のように過ごした幼馴染のトキヲだった——。四季のうつくしい巡りのなかで、喪失も挫折も味わったふたりは心も体も寄せ合いながら、かけがえのない時を積み重ねていく。あたたかな祝福に満ちた、大人のための傑作恋愛小説。解説／小手鞠るい

ポプラ文庫好評既刊

みんなのふこう

葉崎は今夜も眠れない

若竹七海

葉崎FMで放送される「みんなの不幸」は、リスナーの赤裸々な不幸自慢が人気のコーナーだ。そこに届いた一通の投書。「聞いてください、わたしの友だち、こんなにも不幸なんです……」。海辺の田舎町・葉崎市を舞台に、疫病神がついていると噂されながら、どんなことにもめげない17歳のココロちゃんと、彼女を見守る女子高生ペンペン草ちゃん、周囲の人々が繰り広げる、泣き笑い必至の極上コージーミステリー！

ポプラ文庫好評既刊

名もなき王国

倉数茂

「あの時以来、僕は伯母の『王国』の住人でありつづけているのです」売れない小説家の私が出会った、聡明な青年・澤田瞬。彼の伯母が、敬愛する幻想小説家・沢渡晶だと知った私は、瞬の数奇な人生と、伯母が隠遁していた古い屋敷を巡る不可思議な物語に魅了されていく。なぜ、この物語は語られるのか。謎が明かされるラスト7ページで、世界は一変する。深い感動が胸を打つ、至高の〝愛〟の物語。